CADA HOMEM É UMA RAÇA

Obras do autor na Companhia das Letras

A água e a águia
Antes de nascer o mundo
As Areias do Imperador 1 — Mulheres de cinzas
As Areias do Imperador 2 — Sombras da água
As Areias do Imperador 3 — O bebedor de horizontes
Cada homem é uma raça
A confissão da leoa
Contos do nascer da Terra
E se Obama fosse africano?
Estórias abensonhadas
O fio das missangas
O gato e o escuro
A menina sem palavra
Na berma de nenhuma estrada
O outro pé da sereia
Poemas escolhidos
Um rio chamado tempo, uma casa chamada terra
Terra sonâmbula
O último voo do flamingo
A varanda do frangipani
Venenos de Deus, remédios do diabo
Vozes anoitecidas

MIA COUTO

Cada homem é uma raça

Contos

5ª reimpressão

COMPANHIA DAS LETRAS

Copyright © 2013 by Mia Couto, Editorial Caminho SA, Lisboa

A editora manteve a grafia vigente em Moçambique, observando as regras do Acordo Ortográfico da Língua Portuguesa de 1990.

Capa
Alceu Chiesorin Nunes

Ilustração de capa
Angelo Abu

Revisão
Carmen T. S. da Costa
Jane Pessoa

Dados Internacionais de Catalogação na Publicação (CIP)
(Câmara Brasileira do Livro, SP, Brasil)

Couto, Mia
Cada homem é uma raça : contos / Mia Couto — 1ª ed. — São
Paulo : Companhia das Letras, 2013.

ISBN 978-85-359-2852-5

1. Contos moçambicanos (Português) I. Título.

13-02310   CDD-869.3

Índice para catálogo sistemático:
1. Contos : Literatura moçambicana em português   869.3

Todos os direitos desta edição reservados à
EDITORA SCHWARCZ S.A.
Rua Bandeira Paulista, 702, cj. 32
04532-002 – São Paulo – SP
Telefone: (11) 3707-3500
www.companhiadasletras.com.br
www.blogdacompanhia.com.br
facebook.com/companhiadasletras
instagram.com/companhiadasletras
twitter.com/cialetras

Inquirido sobre a sua raça, respondeu:
— *A minha raça sou eu, João Passarinheiro.*
Convidado a explicar-se, acrescentou:
— *Minha raça sou eu mesmo. A pessoa é uma humanidade individual. Cada homem é uma raça, senhor polícia.*
(Extrato das declarações do vendedor de pássaros)

Índice

A Rosa Caramela 9
O apocalipse privado do tio Geguê 25
Rosalinda, a nenhuma... 47
O embondeiro que sonhava pássaros 59
A princesa russa 73
O pescador cego.. 93
O ex-futuro padre e sua pré-viúva 107
Mulher de mim... 123
A lenda da noiva e do forasteiro 135
Sidney Poitier na barbearia de Firipe Beruberu. 153
Os mastros do Paralém....................................... 171

Glossário 195

A Rosa Caramela

*Acendemos paixões no rastilho do próprio coração.
O que amamos é sempre chuva, entre o voo da nuvem e
a prisão do charco. Afinal, somos caçadores que a si
mesmo se azagaiam. No arremesso certeiro vai sempre
um pouco de quem dispara.*

Dela se sabia quase pouco. Se conhecia assim, corcunda-marreca, desde menina. Lhe chamávamos Rosa Caramela. Era dessas que se põe outro nome. Aquele que tinha, de seu natural, não servia. Rebatizada, parecia mais a jeito de ser do mundo. Dela nem queríamos aceitar parecenças. Era a Rosa. Subtítulo: a Caramela. E ríamos.

A corcunda era a mistura das raças todas, seu corpo cruzava os muitos continentes. A família se retirara, mal que lhe entregara na vida. Desde então, o recanto dela não tinha onde ser visto. Era um casebre feito de pedra espontânea, sem cálculo nem aprumo. Nele a madeira não ascendera a tábua: restava tronco, pura matéria. Sem cama nem mesa, a marreca a si não se atendia. Comia? Ninguém nunca lhe viu um sustento. Mesmo os olhos lhe eram escassos, dessa magreza de quererem, um dia, ser olhados, com esse redondo cansaço de terem sonhado.

A cara dela era linda, apesar. Excluída do corpo,

era até de acender desejos. Mas se às arrecuas, lhe espreitassem inteira, logo se anulava tal lindeza. Nós lhe víamos vagueando nos passeios, com seus passinhos curtos, quase juntos. Nos jardins, ela se entretinha: falava com as estátuas. Das doenças que sofria essa era a pior. Tudo o resto que ela fazia eram coisas de silêncio escondido, ninguém via nem ouvia. Mas palavrear com estátuas, isso não, ninguém podia aceitar. Porque a alma que ela punha nessas conversas chegava mesmo de assustar. Ela queria curar a cicatriz das pedras? Com maternal inclinação, consolava cada estátua:

— *Deixa, eu te limpo. Vou tirar esse sujo, é sujo deles.*

E passava uma toalha, imundíssima, pelos corpos petrimóveis. Depois, retomava os atalhos, iluminando-se de enquantos, no círculo de cada poste.

De dia lhe esquecíamos a existência. Mas às noites, o luar nos confirmava seu desenho torto. A lua parecia pegar-se à marreca, como moeda em encosto avaro. E ela, frente aos estatuados, cantava de rouca e inumana voz: pedia-lhes que saíssem da pedra. Sobressonhava.

Nos domingos ela se recolhia, ninguém. A velha desaparecia, ciumosa dos que enchiam os jardins, manchando os sossegos do território dela.

De Rosa Caramela, afinal, não se procurava explicação. Só um motivo se contava: certa vez, Rosa ficara de flores na mão, suspensa à entrada da igreja. O noivo, esse que havia, demorou de vir. Demorou tanto que nunca veio. Ele lhe recomendara: não quero cerimónias. Vou eu e tu, só nós ambos. Testemunhas? Só Deus, se estiver vago. E Rosa suplicava:

— *Mas, o meu sonho?*

Toda a vida ela sonhara a festa. Sonho de brilhos, cortejo e convidados. Só aquele momento era seu, ela rainha, linda de espalhar invejas. Com o longo vestido branco, o véu corrigindo as costas. Lá fora, as mil buzinas. E agora, o noivo lhe negava a fantasia. Se desfez das lágrimas, para que outra coisa serve o verso das mãos? Aceitou. Que fosse como ele queria.

Chegou a hora, passou a hora. Ele nem veio nem chegou. Os curiosos se foram, levando os risos, as zombarias. Ela esperou, esperou. Nunca ninguém esperou tanto um tempo assim. Só ela, Rosa Caramela. Ficou-se no consolo do degrau, a pedra sustentando o seu universal desencanto.

História que contam. Tem sumo de verdade? O que parece é que nenhum noivo não havia. Ela tirara tudo aquilo de sua ilusão. Inventara-se noiva, Rosita-namorada, Rosa-matrimoniada. Mas se nada não aconteceu, muito foi que lhe doeu o desfecho. Ela se aleijou na razão. Para sarar as ideias, lhe internaram. Levaram-lhe no hospital, nem mais quiseram saber. Rosa não tinha visitas, nunca recebeu remédio de alguma companhia. Ela se condizia sozinha, despovoada. Fez-se irmã das pedras, de tanto nelas se encostar. Paredes, chão, teto: só a pedra lhe dava tamanho. Rosa se pousava, com a leveza dos apaixonados, sobre os frios soalhos. A pedra, sua gémea.

Quando teve alta, a corcunda saiu à procura de sua alma minéria. Foi então que se enamorou das estátuas, solitárias e compenetradas. Vestia-lhes com ternura e respeito. Dava-lhes de beber, acudia-lhes nos dias de chuva, nos tempos de frio. A estátua dela, a preferida, era a do pequeno jardim, frente à nossa casa. Era monumento de um colonial, nem o nome restava legível. Rosa desperdiçava as horas na contemplação do busto. Amor sem correspondência: o estatuado permanecia sempre distante, sem dignar atenção à corcovada.

Da nossa varanda lhe víamos, nós, sob o zinco, em nossa casa de madeira. Meu pai, sobretudo, lhe via. Calava-se em si, todo. Era a loucura da corcunda que fazia voar nossos juízos? O meu tio brincava, para salvar o nosso estado:

— *Ela é como o escorpião, leva o veneno nas costas.*

Dividíamos os risos. Todos, exceto meu pai. Sobejava intacto, grave.

— *Ninguém vê o cansaço dela, vocês. Sempre a carregar as costas nas costas.*

Meu pai se afligia muito dos cansaços alheios. Ele, em si, não se dava a fatigar. Sentava-se. Servia-se dos muitos sossegos da vida. Meu tio, homem de expedientes, lhe avisava:

— *Mano Juca, desarasca lá uma maneira de viver.*

Meu pai nem respondia. Parecia mesmo que ele mais se tornava encostadiço, cúmplice da velha cadeira. Nosso tio tinha razão: ele carecia de ocupação salariável. O único despacho de seu fazer era alugar os próprios sapatos. Domingo, chegavam os do clube dele, paravam a caminho do futebol.

— *Juca, vimos por causa os sapatos.*

Ele acenava, lentíssimo.

— *Já sabem o contrato: levam e, depois, quando regressarem, contam como foi o jogo.*

E inclinava-se para tirar os sapatos debaixo da cadeira. Baixava-se com tanto esforço que parecia estar a apanhar o próprio chão. Subia o par de sapatos e olhava-lhes em fingida despedida:

— *Custa-me.*

Só por causa do médico é que ele ficava. Proibiram-lhe os excessos do coração, pressas no sangue.

— *Porcaria de coração.*

Batia no peito para castigar o órgão. E voltava à conversa com o calçado:

— *Vejam lá, vocês, sapatinhos: hora certa, regressam de volta.*

E recebia, adiantado, os dinheiros. Ficava por muito gesto a contar as notas. Era como se lesse um gordo livro, desses que gostam mais dos dedos que dos olhos.

Minha mãe: era ela que metia os pés na vida. Muito cedo saía, rumo dela. Chegava ao bazar, a manhã ainda era pequena. O mundo transparecia, em estreia solar. A mãe arrumava a banca antes das outras vendedeiras. Entre couves empilhadas, se via a cara dela, gorda de tristes silêncios. Ali se sentava, ela e o corpo dela. Na luta pela vida, a mamã nos fugia. Chegava e partia no escuro. À noite, lhe escutávamos, ralhando com a preguiça do pai.

— *Juca, você pensa a vida?*

— *Penso, até muito.*

— *Sentado?*

Meu pai se poupava nas respostas. Ela, só ela, lastimava:

— *Eu, sozinha, no serviço dentro e fora.*

Aos poucos, as vozes se apagavam no corredor. De minha mãe ainda sobravam suspiros, desmaios da sua esperança. Mas nós não dávamos culpa a meu pai. Ele era um homem bom. Tão bom que nunca tinha razão.

E assim, em nosso pequeno bairro, a vida se resumia. Até que, um dia, nos chegou a notícia: a Rosa Caramela tinha sido presa. Seu único delito: venerar um colonialista. O chefe das milícias atribuiu a sentença: saudosismo do passado. A loucura da corcunda escondia outras, políticas razões. Assim falou o comandante. Não fora isso, que outro motivo teria ela para se opor, com violência e corpo, ao derrube da estátua? Sim, porque o monumento era um pé do passado rasteirando o presente. Urgia a circuncisão da estátua para respeito da nação.

Do modo que levaram a velha Rosa, para cura de alegadas mentalidades. Só então, na ausência dela, vimos o quanto ela compunha a nossa paisagem.

Ficámos tempos sem escutar suas notícias. Até que, certa tarde, nosso tio rasgou os silêncios. Ele vinha do cemitério, chegado do enterro de Jawane, o enfermeiro. Subiu as pequenas escadas da varanda e interrompeu o descanso de meu pai. Coçando as pernas, o meu velhote piscou os olhos, calculando a luz:

— *Então, trouxeste os sapatos?*

O tio não respondeu logo. Estava ocupado a servir-se da sombra, curando-se da transpiração. Soprou nos próprios lábios, cansado. No seu rosto eu vi aquele alívio de quem regressa de um enterro.

— *Estão aqui, novinhos. Eh pá, Juca, me fizeram jeito esses sapatos pretos!*

Procurou nos bolsos, mas o dinheiro, que sempre tem modos rápidos ao entrar, demorou a sair. Meu pai lhe emendou o gesto:

— *A você não aluguei. Somos da família, calçamos juntos.*

O tio se sentou. Puxou da garrafa de cerveja e encheu um copo grande. Depois, com ciência, pegou numa colher de pau e retirou a espuma para outro copo. Meu pai serviu-se desse copo, só com espuma. Proibido nos líquidos, o velho se dedicava só nos espumantes.

— *É leve, a espuminha. O coração nem nota a passagem dela.*

Se consolava, olhos em riste como se alongasse o pensamento. Não passava de fingimento aquele afundar-se em si.

— *Estava cheio o enterro?*

Enquanto desamarrava os sapatos, meu tio explicou a enchente, multidões pisando os canteiros, todos a despedirem do enfermeiro, coitado, também ele se morreu.

— *Mas matou-se mesmo?*

— *Sim, o gajo se pendurou. Encontraram-lhe já estava duro, parecia gomadinho na corda.*

— *Mas matou-se por qual razão?*

— *Não sei lá. Dizem foi por motivo de mulheres.*

Calaram-se os dois, sorvendo os copos. O que mais lhes doía não era o facto mas o motivo.

— *Morrer assim? Mais vale falecer.*

Meu velho recebeu os sapatos e inspeccionou--lhes com desconfiança:

— *Esta terra vem de lá?*

— *É onde, esse lá?*

— *Pergunto se vem do cemitério.*

— *Talvez vem.*

— *Então vai lá limpar, não quero poeira dos mortos aqui.*

Meu tio desceu as escadas e sentou-se no último degrau, escovando as solas. No enquanto, foi contando. A cerimónia decorria-se, o padre executava as rezas, abastecendo as almas. De repente, o que sucede? Aparece a Rosa Caramela, vestida de máximo luto.

— *A Rosa já saiu da prisão?* — perguntou, atónito, o meu pai.

Sim, saíra. Numa inspeção à cadeia, lhe deram amnistia. Ela era louca, não tinha crime mais grave. Meu pai insistia, admirado:

— *Mas ela, no cemitério?*

O tio prosseguiu o relato. A Rosa, por baixo das costas, toda de negro. Nem um corvo, Juca. Foi entrando, com modos de coveira, espreitando as sepulturas. Parecia escolher o buraco dela. No cemitério, você sabe, Juca, lá ninguém demora a visitar as covas. Passamos depressa. Só essa corcunda, a gaja...

— *Conta o resto* — cortou o meu pai.

Seguiu-se a narração: a Rosa, ali, no meio de todos, começou a cantar. Com educado espanto, os presentes a fixavam. O padre mantinha a oração mas ninguém já lhe ouvia. Foi então que a marreca começou a despir.

— *Mentira, mano.*

Fé de Cristo, Juca, me desçam duas mil facas. Despiu. Foi tirando os panos, com mais vagar que esse calor de hoje. Ninguém ria, ninguém tossia, ninguém nada. Já nua, esroupada, ela se chegou junto à campa do Jawane. Encimou os braços, lançou as roupas dela na cova. A multidão receou a visão, recuou uns passos. A Rosa, então, rezou:

— *Leva essas roupas, Jawane, te vão fazer falta. Porque tu vais ser pedra, como os outros.*

Olhando os presentes, ela ergueu a voz, parecia maior que uma criatura:

— *E agora: posso gostar?*

Os presentes recuaram, só se escutava a voz da poeira.

— *Hein? Deste morto posso gostar! Já não é dos tempos. Ou deste também sou proibida?*

O meu pai deixou a cadeira, parecia quase ofendido.

— *Falou assim, a Rosa?*

— *Autêntico.*

E o tio, já predispronto, imitava a corcunda, seu corpo vesgo: e este, posso-lhe amar? Mas o meu velhote se escapou a ouvir.

— *Cala-te, não quero ouvir mais.*

Brusco, ele largou o copo pelos ares. Queria despejar a espuma mas, de injusto lapso, saiu-lhe o copo todo da mão. Como se pedisse desculpa, meu tio foi apanhando os vidrinhos, tombados de costas pelo quintal.

Nessa noite, eu desconsegui de dormir. Saí, sentei a insónia no jardim da frente. Olhei a estátua, estava fora do pedestal. O colono tinha as barbas pelo chão, parecia que era ele mesmo quem tinha descido, por soma de grandes cansaços. Tinham arrancado o monumento mas esqueceram de o retirar, a obra requeria acabamentos. Senti quase pena do barbudo, sujo das pombas, encharcado de poeira. Me acendi, vindo ao juízo: estou como a Rosa, pondo sentimento nos pedregulhos? Foi então que vi a própria, a Caramela, parecia chamada pelos meus conjuros. Fiquei quase gelado, imovente. Queria fugir, minhas pernas se negavam. Estremeci: eu me convertia em estátua, virando assunto das paixões da marreca? Horror, me fugisse a boca para sempre. Mas, não. A Rosa não parou no jardim. Atravessou a estrada e chegou-se às escadinhas de nossa casa. Baixou-se nos degraus, limpou deles o luar. Suas coisas se pousaram num suspiro. Depois, ela se entartarugou, aprontando-se, quem sabe, ao sono. Ou fosse de sua intenção apenas a tristeza. Porque lhe escutei chorar, num murmúrio de águas escuras. A corcunda se derramava, parecia era vez dela se estatuar. Me infindei, nessa visagem.

Foi, então. Meu pai, em apuros de silêncio, abriu a porta da varanda. Lento, se aproximou da corcunda. Por instantes, ficou debruçado sobre a mulher. Depois, movendo a mão como se fosse um gesto só sonhado, lhe tocou os cabelos. Rosa nem se esboçava, a princípio. Mas, depois, foi saindo de si, rosto na metade da luz. Olharam-se os dois, ganhando beleza. Ele, então, sussurrou:

— *Não chora, Rosa.*

Eu quase não ouvia, o coração me chegava aos ouvidos. Me aproximei, sempre por trás do escuro. Meu pai lhe falava ainda, aquela sua voz nem eu lhe havia nunca ouvido.

— *Sou eu, Rosa. Não lembra?*

Eu estava no meio das buganvílias, seus picos me rasgavam. Nem sentia. O assombro me espetava mais que os ramos. As mãos de meu pai se afundavam no cabelo da corcunda, pareciam gente, aquelas mãos, pareciam gente se afogando.

— *Sou eu, Juca. O seu noivo, não lembra?*

Aos poucos, Rosa Caramela se irrealizou. Ela nunca tanto existira, nenhuma estátua lhe merecera tantos olhos. Meigando ainda mais a voz, meu pai lhe chamou:

— *Vamos, Rosa.*

Sem querer eu já saíra das buganvílias. Eles me podiam ver, nem me fazia nenhum estorvo. Parecia a Lua até atiçou seu brilho quando a corcunda se ergueu.

— *Vamos, Rosa. Pega suas coisas, vamos embora.*

E foram-se os dois, noite adentro.

O apocalipse
privado do tio Geguê

— *Pai, ensina-me a existência.*
— *Não posso. Eu só conheço um conselho.*
— *E é qual?*
— *É o medo, meu filho.*

História de um homem é sempre mal contada. Porque a pessoa é, em todo o tempo, ainda nascente. Ninguém segue uma única vida, todos se multiplicam em diversos e transmutáveis homens.

Agora, quando desembrulho minhas lembranças eu aprendo meus muitos idiomas. Nem assim me entendo. Porque enquanto me descubro, eu mesmo me anoiteço, fosse haver coisas só visíveis em plena cegueira.

Nasci de ninguém, fui eu que me gravidei. Meus pais negaram a herança das suas vidas. Ainda sujo dos sangues me deixaram no mundo. Não me quiseram ver transitando de bicho para menino, ranhando babas, magro até na tosse.

O único que tive foi Geguê, meu tio. Foi ele que olhou meu crescimento. Só a ele devo. Ninguém mais pode contar como eu fui. Geguê é o solitário guarda dessa infinita caixa onde vou buscar meus tesouros, pedaços da minha infância.

No entanto, ele me trazia pouco: uma côdea, um lixo limpinho. De onde arrancava o sustento ele não falava. Sua conversa sempre era miúda, chuva que nem molhava, água arrependida de cair. Servia-se de sonhos:

— *Amanhã, amanhã.*

Foi essa instrução que ele me deu: lições de esperança quando já havia desfalecido o futuro. Pois eu aconteci num tempo de caminhos cansados. Meu tio me protegia os aguardos, sugerindo que outras cores brilhavam no longe.

— *Levantamos cedo e partimos para lá. Amanhã.*

Não havia cedo nem lá. E amanhã era ainda o mesmo dia. O tio inventava missões. Um pobre nem pode subornar o destino. Ele para si aldraba expectâncias, impossíveis lugares e tempos.

Um dia me trouxe uma bota de tropa. Grande, de tamanho sobrado. Olhei aquele calçado solteiro, demorei o pé. Duvidava entre ambos, esquerdo e direito. Um sapato sem par tem algum pé certo?

— *Não gosta, é?*

— *Gosto, gosto.*

— *Então?*

— *É que falta o atacador* — menti.

Geguê raivou-se. A paciência dele era muito quebradiça.

— *Você sabe de onde vem essa bota?*

A botifarra estava garantida pela história: tinha percorrido os gloriosos tempos da luta pela independência.

— São botas veteranas, essas.

Então, ele me malditou: eu era um sem-respeitoso, sem subordinação à pátria. Eu haveria de chorar, tropeçado e pisado. Ou eu estava à espera que as estradas amolecessem para eu andarilhar com agrado?

— *Não quer calçar, pois não?*

Pegou na bota e atirou para longe. O estranho então sucedeu: lançada no ar a bota ganhou competência volátil. A coisa voejava em velozes rodopios. O tio Geguê desafiara os espíritos da guerra?

Nessa noite, não sei se resultado da zanga, eu tiritacteava no escuro. A febre me engasgava o corpo, fogueirando-me o peito. Sonhava de olhos abertos. Mais que abertos: acesos. Sonhava com minha mãe, era ela, eu sei, embora que nunca lhe vi. Mas era ela, não havia outra doçura assim. Me segurou os braços e me chamou: filho, meu filho. Eu me arrepiei, nunca aquelas palavras tinham pousado na minha alma. Ela, o que queria? Nada, só me vinha pedir bondades. Eu que não virasse costas ao coração. O meu comportamento — essa seria sua recompensa. Mãe, chamei eu, mãe, me leve daqui. Mas ela não me escutava, parecia as minhas palavras tombavam antes de lhe tocar. Ela continuava seus conselhos, insistindo no valor das bondades. Mãe, eu tenho muito frio, leva-me junto consigo. Ela então me dispensou suas mãos, em concha de carinho. Naquele instante, por obra do encanto, eu me desorfanava.

Repente, um ruído me trouxe ao corpo. Era o tio Geguê. Suas mãos estavam deitadas entre as minhas, ali deixadas. Aquele encosto era seu tratamento, o remédio maior que ele sabia: chamava lembranças mais recuadas que meu próprio nascimento.

— *Tio, minha mãe, ela não estava aqui?*

— *Cala, bebe essa água.*

Aquela ilusão me dera uma outra febre: eu carecia daquela presença, sofria já a demora de nova aparição. Enquanto eu beberava, senti o suor escorrer por dentro, meu sangue aguava. Nesse rio interior eu afoguei, extraviei meus sentidos. No fim de tudo, na fronteira da luz, havia um porém, um nada sem fim: minha mãe. Por que motivo ela me surgira das febres? E que aviso era aquele contra a maldade?

Na manhã seguinte, acordei longe da véspera. Olhei o azul em volta. O tio Geguê até que tinha razão: existia um amanhã. Ali estava, com o sol estreando cores e belezas. Quis dividir o sentimento mas o Geguê já tinha ido. Assim, só eu me festejei. Tinha vencido a doença, regressara da visita aos infernos. Fixei o céu, procurando Deus. Mas eu não tinha vistas para tão longe. Me ecoavam as palavras de minha mãe, fosse ela a amostra dos divinos. Como podia acontecer aquela voz? Ela era ninguém, só podia usar silêncios.

Deixei o assunto. Quem me acendeu a pergunta me haveria de dar a resposta. Saí aos tropeços pelo atalho. Onde ia, de passos tão fracos? Melhor seria eu me restar, cuidando das minhas forças. Mas havia um secreto motivo que me empurrava para o caminho. Sem me guiar eu acabei junto à mafurreira, lugar onde pousara a bota. Mas ela já não dormia ali. Um passeante me explicou: passou aqui o teu tio, junto com o camarada secretário. Tiveram um bocadinho de reunião, discutiram a temática da bota. O secretário se pronunciou: esta bota é demasiado histórica, não pode sofrer destino da lixeira. Geguê concordara, não se podia deitar tamanha herança fora. Mas o camarada secretário corrigira:

— *Seu engano, Geguê: é preciso deitar esta porcaria fora.*

— *Deitar? Mas não é muito histórica, a bota?*

Por isso mesmo, respondeu o secretário. Mas não podemos fazer às vistas públicas. O Geguê quanto menos entendia mais concordava:

— *Isso, isso.*

— *Fazemos sabe o quê, ó Geguê?*

— *E será o quê, camarada chefe?*

— *Vamos afogar essa bota lá nos pântanos.*

E foram. O passeante não mais sabia dos dois. Retornei a casa, à espera do Geguê. Veio a noite e ele sem regressar. Me afligi: teria havido uma situação? O tio, esse que me dera sombra à vida, teria sido levado? Ele que sempre fora de nenhum emprego, teria sido carregado para Niassa, na campanha contra os improdutivos?

Na angústia da demora, eu me avaliava. Afinal, aquele homem já me era muito paterno. E eu nele me filiava, fosse verdade eu sair de seu corpo. Pensava assim quando lhe vi chegar. Como era seu hábito, rodeou a casa. Comentava o jeito: o escaravelho dá duas voltas antes de entrar no buraco. Quando se aproximou da luz, eu vi a surpresa — no seu braço havia uma braçadeira vermelha, onde estava pintado a letras negras: G. V.

— *Grupo de Vigilância, sim senhor. Agora também sou.*

Meu tio, vigilante? Não era possível. Um vigiado, ainda vá lá. Porque, em justiça, ele apenas merecia desconfianças. Seu sustento era digno de gorda suspeita. Se eu nada perguntava era para evitar manchar meu sentimento de filho. Preferia não saber. Mas agora ele desempenhar o serviço da vigilância popular? Com certeza, estava só experimental. No entanto, ele se confirmou: era um. De pano vermelho sobre a camisa esfarrapada, meu tio despachava mandos:

— *Shote-kulia, shote-kulia.*

E vendo como enchia de vaidade a sua magreza, marchando aos nobres tropeções, dobrei os risos. Ele reagiu, sério:

— *Vão-me dar os treinos, não sabia?*

Falava. Ainda assim, somei dúvidas. Era possível? Entregar-se a chave da porta ao próprio ladrão? Como podia ser ele um defensor da Revolução?

— *E agora* — perguntei —, *lhe chamo de camarada tio?*

Você deve compreender, respondeu. Não se pode ficar toda a vida pequeno. Sabe quem me escolheu? Foi o secretário, o próprio. Me conhece desde, somos primos, quase familiares. E terminou com ameaças: agora é que esses gajos vão saber quem sou eu, Fabião Geguê.

Na tarde seguinte, partiu-se embora. Foi para os treinos, no quartel dos milicianos. Ficou semanas, voltou sem saber maiores artes. Nem disparar não sabia. Só marchava: shote-kulia, shote-kulia.

Tinha o corpo bastante lamentável das fadigas que lhe mandaram. Ele olhou-me, suspirou fundo. Depois, deitou-se e fechou os olhos.

— *Tio, vai dormir todo assim? Tira a farda, ao menos.*

— *Cala-te a boca. Se cansei com a farda, devo descansar com ela também.*

Mandou-me aquecer o chá. Não queria adormecer com o estômago acordado. Assim, como estou, nem distingo as costas da barriga, reclamava ele.

— *O chá não posso fazer, tio. Não há folha.*

— *Não faz mal, bebemos só assim: chá de água.*

Mas quando a água ferveu já ele dormia. Também eu adormecia quando escutei sombras. Da silhueta saiu uma mulher, capulana sobre as costas. Protegeu o rosto com o braço, tossiu o fumo que subia da fogueira. Quando me notou, apontou para o chão:

— *Esse aí é o Geguê?*

Confirmei. Ela preparava-se para sacudir o dormitoso mas eu, pressentindo o milando, me adiantei:

— *Não lhe acorde, mamã. Ele está um pouco doente.*

Ela virou a cara. Suas faces se acenderam inteiras na luz. Então eu vi que não era uma mãe. Não passava de uma rapariga da minha idade. Era bela, com olhos de convidar desejos, o corpo à flor da pele.

— *Me chamo de Zabelani.*

Era dona do nome. Falava em sussurro, parecia voz nascida de asas, não de garganta. Meu tio devia estar acordado mas nem mexeu. Estava quieto com a competência de um falecido. A menina resolveu sentar. Nem eu imaginava aquela habilidade de sentar tão redondo corpo num mínimo caixotinho de madeira. O assento balançava mas não reclamava.

— *E tu quem és?*

— *Sou sobrinho do Geguê.*

Fez uma pausa, como se tivesse ausentado. Esfregando os braços pediu que alimentasse a fogueira. O fogo está com frio, disse.

— *Vens ficar connosco?* — perguntei.

Sim, era esse o seu propósito. Ela se relatou: viera fugida dos terrores no campo. O mundo lá se terminava, em flagrante suicídio. Seus pais tinham desaparecido em anónimo paradeiro, raptados por salteadores. Tudo aquilo ela contava sem o deslize da mais breve lágrima.

— *Agora venho ficar aqui. Geguê é meu tio, também.*

Preparei uma esteira, dei-lhe manta. Adormeceu logo. Era manhã elevada e ela ainda dormia. O tio Geguê contemplava o corpinho enroscado e abanava a cabeça:

— *Esta menina vai desafinar o teu juízo, rapaz.*

Proverbiava: duas árvores só atrapalham o caminho. Vocês, juntos, me vão trazer grande chatice. Enquanto matabichávamos ele me aconselhava, em vagas dicções. A redondura das ilhas, dizia, é o mar que faz. A beleza dessa menina, meu sobrinho, é você que lhe põe. As mulheres são muito extensas, a gente viaja-lhes, a gente sempre se perde.

— *Mas, tio: nem cheguei de olhar essa menina.*

Geguê prosseguia. Eu que frequentasse a quantidade e a variedade. Mas nunca, nunca aplicasse despesa em nenhuma mulher. Fosse pelo velho lobolo, fosse por modernas tradições: eu me devia furtar aos anéis. A melhor família, qual é? São os desconhecidos parentes dos estranhos. Só esses valem. Com os outros, intrafamiliares, nascemos já com dívidas. O tio Geguê negava os valores da tradição, o laço da família, vizinhando as existências.

Os dias passaram. Quase eu deixei de ver meu tio. Ele saía logo cedo, ocupado em segredos. Não seriam coisas válidas, com certeza. No enquanto, eu passeava com Zabelani. No caminhar do tempo, eu reconhecia o aviso de Geguê. Aquela menina me obrigava a urgentes adiamentos. Com ela eu aprendia uma tontura: eu muito queria, pouco sabia. Todo o meu corpo sonhava mas eu temia as ocasiões. Seria aquele amor um estado de infinita chegada? Ou será que, de novo, Fabião Geguê se confirmava: a mulher da nossa vida é sempre futura?

Na tarde de um sábado, levei Zabelani para um desses lugares só meus. Caminhámos por baixo dos coqueiros, vagueámos entre seus oscilaçantes pescoços. A brisa animava as copas: para cá, indo; para lá, vindo. No capinzal, os bois divagavam enquanto as garças soltavam súbitos branquejos na paisagem. Zabelani se abrandava, amolentada. Nossas mãos se tocavam, de um roçar só leve, distraído. Ela parou e me pediu: mostra onde corre o rio. Apontei o fundo da paisagem. Sempre de costas, ela se foi chegando, aconchegando. Até que todas as suas formas se afeiçoaram ao meu corpo. Eu sentia a pele chegar aos nervos. Então ela deixou tombar a saia e, com os vagares da lua, rodou até me enfrentar. O instante foi fundo, quase eterno. Para mais do rio se escutava apenas a nossa respiração.

Quando regressámos o tio Geguê me chamou para um canto. Eu esperava suas reprovações mas ele demorava, mastigando uma ervinha.

— *Andas a comer essa gaja?*

— *Tio, não fala assim...*

— *Falo, sim* — e cuspiu: — *Putas!*

E logo ele ordenou que Zabelani arrumasse suas coisas. Seria levada dali, separada de mim, posta em lugar que só ele saberia. Me soltei às fúrias, tudo numa gritaria. Meu tio me desconhecia. Maldiçoei a malandrice dele, sua costumada fuga ao trabalho. Mesmo eu lhe queria agredir, mas ele segurava meus braços. A bem escrever, eu proferia mais choro que palavras. Ele me baixou as mãos, prendendo-me a mim mesmo. Cansado de choraminguar, me acalmei. Sentámos, um triste sorriso veio a seu rosto. A zanga recolhera seus azedos, o ar amolecia.

— *Sabe, meu filho? Vou-te dizer: o trabalho é uma coisa muito infinita.*

Ele adoçava um entendimento — que aquilo, nele, nem preguiça nem era. Ele apenas estava a tirar rendimento dos vagares do mundo, sem se desperdiçar. Eu que não mal-julgasse suas poupanças: nesta vida só os presentes sofrem. Vantagem do ausente: ele sempre não se agasta.

— *Veja você, meu sobrinho: um boi. Dentro da*

água, um boi será que nada? Não, ele apenas se pre-guiça na corrente. A esperteza do boi é levar a água a trabalhar na viagem dele.

Sorri, ensonado. Essa é a garantia do pranto, dar um total cansaço. Depois, já nem nós importamos. Geguê ia levar aquela que amava. Mas eu já nem me opunha. Rendido às pálpebras, me sobrava só uma réstia da alma.

— *Isso, sobrinhinho: dorme. Porque amanhã, muito cedo, te vou ensinar maneira de um tipo de-senrascar nesta vida.*

Geguê me acordou cedo. Ordenou que me lavas-se e me aprontasse. Olhei em volta, Zabelani já tinha sido levada. Me permaneci, sem coragem de pergun-tar. Nem a cara de Geguê podia dar ânimos. Sentei, escutei-lhe. O plano dele era simples: você vai na casa da tia Carolina, assalta o galinheiro, rouba as cujas ga-linhas. Depois, pega fogo nas traseiras.

— *Mas, tio...*

— *Vai, não demora.*

Ele acrescentou: aquilo era um começo. Seguiam--se outras casas. Eu devia espalhar confusões, divul-gar medos. Geguê se implementava, acrescido de far-da, promovido de poderes.

— *Mas, tio, o senhor, um miliciano, como pode...*

— *Ou você pensa um milícia existe enquanto há paz?*

Eu me neguei. Primeiro, sofri suas ameaças. Eu re-cusasse e ele muito se consequenciaria. Não esquecesse eu que ele guardava o destino de Zabelani. Depois, escutei suas promessas: se eu aceitasse não haveria de me lamentar.

Parti, fui sem mim. Executei maldades, tantas que eu já nem recordava as primeiras. Ao cabo de vastas crueldades, já eu me receava. Porque ganhara quase gosto, orgulhecia-me.

Dessas maldades me ficava uma surpresa: eu nunca sofria arrependimento. Era deitar e dormir. Onde estava, afinal, a minha consciência? O tio respondia:

— *Não há bons nesse mundo. Há são maldosos com preguiça.*

Fique o Geguê, sua palavra. Porque, afinal? Será que pode haver bondade num mundo que já não espera nenhuma coisa? Sempre me repeti — há os que querem, há os que esperam. Agora, no bairro já não havia nem querer nem espera.

Finalmente, se explicava o sonho da minha mãe. Aquilo nem foi sonho, foi miragem de sonho. Eu, afinal, nascera sem princípio, sem nenhum amor. Como pretendia minha mãe ensinar meu tardio coração? Fosse ainda a Zabelani talvez ela pudesse açucarar o meu formato. Mas meu tio me proibia eu só lhe lembrar. Os amores enfraquecem o homem, você será dado outras tarefas, mais bravas missões. Passado um tempo, meu tio me entregou uma espingarda. Olhei a arma, cheirei o cano, o perfume da morte.

— *Levas um pano, escondes a cara. Não podem saber quem és.*

O Geguê não era punido pela consciência. Tudo era leve como sua vigente risada:

— *Os gajos vão panicar bem.*

Com a arma, eu aperfeiçoei malvadezes. Assaltava currais, vazava cantinas. Quando não roubava, mascarado, eu era adjunto de milícia. Acumulava, por turnos, o polícia e o gatuno. Para o efeito, o tio me aplicara a braçadeira vermelha. Assim, já eu podia espalhar castigos. Muito-muito me agradava controlar a estrada. Tirar dos cestos as galinhas, exigir as guias de marcha, desamarrar os cabritos. E complicar os documentos:

— *Essa foto é sua?*

— *É sim, faz favor.*

— *Mas está muito clara.*

— *Não é minha culpa: o retratista me tirou assim.*

Eu gozava aqueles gaguejos. Embrulhava:

— *Ou será que você tem vergonha da sua raça?*

No final, decretava sanções: carretar pedras, covar buracos, capinar terreno. Aos poucos, por obra minha e do Geguê, nascera uma guerra. Ali já ninguém era dono de longas circunstâncias. Casa, carro, propriedades: tudo se tinha tornado demasiado mortal. Tão cedo havia, tão cedo ardia. Entre os mais velhos já se espalhara saudade do antigamente.

— *Mais valia a pena...*

E todo suspiravam: houvesse uma lei, qualquer que fosse. Mas que autorizasse a pessoa, em seus humanos anseios. Alguns se amargavam, fazendo conta aos sacrifícios:

— *Foi para isto que lutámos?*

Até que, certa tarde, me surgiu o aviso. Foi um sinal, breve mas ditado letra por letra. Eu vinha pelo carreiro dos pântanos. Por ali, um grupo de homens pescava o ndoé. Sempre gostei de assistir esse trabalho, essa única pescaria que se faz na terra e não no mar. Os homens trazem lanças e espetam o chão, à procura dos buracos onde vive o peixe ndoé no tempo da seca. É bonito ver: repente, salta o peixe, cor de prata, no escuro matope. É o ndoé, bicho aquático que entende do ar, respirando fora e dentro.

Naquele momento, porém, eu sentia um aperto no peito. Sentei. Era como se a morte falasse dentro de mim, com suas surdas sibilâncias. Os homens tinham fisgado um peixe. O bicho se contracurvava, iluminado aos zigues brilhante aos zagues. Do ndoé não se pode esperar afogamento: é preciso cortar a cabeça. Assim fazia aquela gente, assentando o peixe numa pedra. Desta vez, tudo aquilo me fugia dos olhos, a realidade não me dava hospedagem. Enquanto o sangue escorria na lama eu recebi o sinal. Ali, no pleno matope: a bota militar. A mesma que eu recusara, a mesma que o meu tio deitara aos pântanos. Parecia escapar do seu tamanho, quase sem fronteira de si. Sobre ela se entornava o sangue, um vermelho de bandeira.

Os pescadores notaram a bota, recolheram, examinaram. Olharam para mim, encolheram os ombros e atiraram a bota. Ela veio cair junto de mim, pesada e grave. Eu então lhe peguei e, numa poça de água, lavei o dentro e o fora. Lhe apliquei cuidados como se fosse uma criança. Um menino órfão, tal qual eu. Depois, escolhi uma terra muito limpa e lhe dei digno funeral. Enquanto inventava a cerimónia me chegaram os toques da banda militar, o drapejo de mil bandeiras.

Era já tarde quando voltei a casa. Eu queria contar a Geguê aquele enterro. Não pude, nunca. Ele me empurrava, de ânsia carregada, mal que cheguei:

— *Dá cá minha parte, onde está a minha parte?*

Não entendi. Mas ele fervia em molho da sua zanga, já não falava língua nenhuma.

Exigia-me. Revistou as minhas coisas, mexeu no meu saco. Não encontrou o que procurava.

— *Mas tio, eu juro, não fiz nada.*

Ele segurou a cabeça com ambas as mãos. Duvidava-se, duvidava-me. Repetia: um malandro não corta o cabelo de outro malandro. Vendo-lhe assim vencido, eu me decidi a lhe dar consolos. Meu coração tonteava quando eu acarinhei o ombro dele. Geguê cedeu, aceitou minha verdade. Então se explicou: havia no bairro outras acontecências sanguíneas. Outros desordeiros cresciam, soldados de ninguém. Em todo o lado se propagavam assaltos, consporcarias, animaldades. A morte se tornara tão frequente que só a vida fazia espanto. Para não serem notados, os sobreviventes imitavam os defuntos. Por carecerem de vítima, os bandoleiros retiravam os corpos das sepulturas para voltarem a decepar-lhes.

— *Não andas com eles, sobrinho? Não te juntaste a esses bandos?*

Neguei. Mas a voz nem saiu. A garganta me estreitara, eu gaguejava silêncios. Como podia eu ter suficiência para tanto crime? Meu tio ficou parado, olhando a minha resposta. Ele não me acreditava.

— *Então, me diga: enterravas o quê, hoje, lá nos matopes?*

— *Enterrava a bota.*

Ele admirava: a bota? Se ela já estava deitada no fundo esquecimento? Que via eu naquela bota, que conversa eu tinha com aquele destroço? Ficou numerando dúvidas, uma, outra e outra. Pediu que eu prometesse o esquecimento daquele lixo. Prometi.

— *Tio, agora eu quero saber: onde fica a casa de Zabelani?*

Ele hesitou, eu insisti. Era urgente recolher aquela menina, salvar-lhe dos bandidos. Pode ser já é tarde, quem sabe, se indecidia o Geguê. Estes são perigos que ultrapassam a tua força, sobrinho.

— *Tio, faça-me o favor, me diga.*

Ele desviava: aquele tempo não contemplava amores. Como podia eu enamorar dela num lugar tão mortífero?

— *Tio, vamos salvar Zabelani.*

Enfim, ele pareceu vencido. Já amaldiçoava minha teimosia — pode alguém conselhar uma lagartixa que a pedra em baixo está quente? Você, sobrinho, não vale a pena. Se a sua mãe lhe visse.

— *Nunca mais me fala da minha mãe!*

Geguê abismou-se. Eu passara a odiar aquela ausência. A sombra da mãe me trazia um insuportável peso. Não se pode sofrer de saudade de pessoa que nunca existiu, eu devia matar aquela ausência. Ser indígena de mim, assumir minha inteira natalidade.

— *Essa menina, tio. Essa menina, agora, é a minha única mãe.*

O tio levantou-se, deu-me as costas. Escondia lágrimas? Respeitei o seu retiro, nem espreitei. Ele entrou na casa, trouxe a arma. Segurou a minha mão e meteu nela algumas balas.

— *Desta vez, levas as balas, verdadeiras.*

Então, ele me passou a morada de Zabelani. Ficamos ainda um tempo de mãos dadas. Estranhei o Geguê, aquela sua tanta emoção. Meu tio parecia despedir-se.

Corri por dolorosas areias, suspeitando que o tempo já me antecipara. De facto, assim fora. Os vizinhos de Zabelani me relataram: a menina tinha sido levada nessa noite. Queimaram a casa, roubaram as validades. Podia os bandidos, só por seu expediente, terem praticado toda aquela sujeira?

— *Digam, meus amigos: Vocês suspeitam quem?*

Alguém guiou esses bandidos, disseram os presentes. Nem era desconfiança: foi visto o quem. Era um desses milícias. Não se retratara o focinho mas devia ser um amigo, um familiar. Porque Zabelani, ao ver o dito, saíra por sua vontade, braços abertos. E demais, que estranho poderia ser para conhecer o esconderijo da menina? Eram os ditos. Voltei a casa, a alma de rasto. Meus pés demoravam como se adiassem a ordem de toda minha raiva. Passei pelo pântano, lá onde dormia a bota, em sua subtérrea morada. Cheguei ao nosso quintal, já descera o escuro. Dentro, brilhava um xipefo, meu tio não dormia. Parei na entrada, gritei seu nome. Ele surgiu à porta, arrastando os chinelos. O xipefo ficou por trás, ele só tinha contornos. O resto era sombra, nem o rosto lhe aparecia. Meu tio desaparecia na sua mesma silhueta, isso ajudou-me a ganhar força. Levantei a arma, apontei no desfoco das lágrimas. Geguê então falou. Suas palavras nem ganharam tradução, tanto cacimbavam meus sentidos.

— *Dispara, meu filho.*

Meus olhos me afugentavam de mim. Meu ódio, a contracorpo, me instruía — aquele era o certo momento. Nos breves segundos, eu visitei minha toda vida. Geguê ladeando-me os tempos, travesseiro único de meus fundos desânimos. Algum pássaro desmancha o ninho?

Mas o tio se avultava, cheio de insistência, nunca ele me pedira em tão humilde rogo:

— *Dispara sobrinho. Sou eu que lhe peço.*

O tiro me ensurdeceu. Não ouvi, não vi. Se acertei, lhe cortei o fio da vida, isso ainda hoje me duvido. Porque, no momento, meus olhos se encheram de muitas águas, todas que me faltaram em anteriores tristezas. E fugi, correndo dali para nunca mais.

Agora penso: nem me merece a pena saber do destino daquela bala. Porque foi dentro de mim que aconteceu: eu voltava a nascer de mim, revalidava minha antiga orfandade. Ao fim, eu disparava contra todo aquele tempo, matando esse ventre onde, em nós, renascem as falecidas sombras deste velho mundo.

Rosalinda, a nenhuma

É preciso que compreendam: nós não temos competência para arrumarmos os mortos no lugar do eterno.

Os nossos defuntos desconhecem a sua condição definitiva: desobedientes, invadem-nos o quotidiano, imiscuem-se do território onde a vida deveria ditar sua exclusiva lei.

A mais séria consequência desta promiscuidade é que a própria morte, assim desrespeitada pelos seus inquilinos, perde o fascínio da ausência total.

A morte deixa de ser a mais incurável e absoluta diferença entre os seres.

Rosalinda era mulher retaguardada, fornecida de assento. Senhora de muita polpa, carnes aquém e além roupa. Sofria de tanto volume que se sentava no próprio peso, superlativa. Já fora esbelta, dessas mulheres que explicam o amor. Magreza sucedida em seus tempos. Pois que, desde que enviuvou, ela se desentreteu, esquecida de ser. Rosalinda, agora, se cansava de tanta hora: mascava mulala, enrolando a saliva-laranja. As mulheres gordas não zangam com a vida: fazem lembrar os bois que nunca esperam tragédias.

No desfolhar das tardes, ela se aprovava em triste rotina. Visitava o cemitério. E isso fazia muito diariamente. A campa do falecido marido, o Jacinto, ficava bem no fundo do cemitério. Condizia com o lugar que ele sempre tivera, nas traseiras da vida. De passo miúdo, Rosalinda rumava entre as moradias subtérreas, vacilando como se magoasse em sua própria sombra. Já no lugar, ela em si se joelhava, vencendo as pernas. E ali se deixava, na companhia sozinha do defunto.

Assim se foram prostrando as datas, anos suados, anos somados. Rosalinda se antepassava, tantos eram os parentes já enroscados no grande sono. Só ela restava, em seus retroativos pensamentos. Junto à campa, ela se memoriava:

— *Jacinto, grande sacana.*

Com gesto terno, ela alisava a areia, afagando lembranças. Deus lhe punisse, Deus adoecesse. Mas quem explicava aquela saudade do sofrimento, o doce sabor de amargas lembranças?

— *Tu me amarraste a vida, me forneceste de porrada.*

Ela estava de razão: o Jacinto só jurara fidelidade às garrafas. Se é que partira, sua alma devia ter viajado em forma de garrafa. Para mais, ele nos amores se multiplicara, retribuindo-se às tantas mulheres. Quando chegava a casa, noite imprópria, já seus lábios estavam cegos. A esta hora, dizia ele, só sei ler nos copos. Falava assim só para lhe magoar. Porque ele se matriculara na escola noturna, cumprindo promessa de mudar de vida. Frequentou as aulas mas só por poucas noites. Laurindinha: estou-te a explicar-me. A vida não vale as penas. Não sou um homem de escola, as letras me cansam de mais. Eu sou um fruto, Laurinda. Um fruto, mesma coisa o caju. Alguém ensina um fruto a ficar maduro? Responde, Laurinda. Alguém explica alguma coisa ao caju? Ninguém. Ele só recebe lições da terra. Então, um homem só tem que ficar bem em cima do chão, beneficiar das completas raízes. Não é como esses que deixam a terra, vão para o estrangeiro, acabam por nem sentir o chão que pisam. Esses são lenha seca: um pedacito de fogo e ardem logo.

Rosalinda já sabia. Aquela era conversa prévia dos murros, prefácio de porrada. Mal que surgisse o fundo da garrafa, as palavras davam lugar à pontapesaria. Depois, ele saía, farto de ser marido, cansado de ser gente.

Jacinto, enfim, só dava despesa no coração da doce Laurinda. Mesmo no leito da morte, os olhos dele, recém-falecidos, teimavam em espreitar o mundo. Já nada viam. O silêncio governava a sala, nem palavra ousava mover-se. Mas quando alguém se aprontou a descer as pálpebras do defunto uma voz se ordenou:

— *Não lhe fechem os olhos!*

Um espanto arrepiou os todos. Rosalinda desceu o rosto, evitando o sujo da vergonha.

— *Esse homem ainda está à espera de alguém.*

E foi assim que Jacinto se abismou, de vista aberta, atento aos encontros do porvir. Mesmo sabendo da eterna infidelidade, Laurinda lhe destinou a mais perfumosa roupa. De igual como fizera em vida, ajeitando-lhe as aparências, antes dele sair:

— *Você vai ter com as mulheres, assim escangalhado? Deixa que eu lhe arrumo bonito.*

A boca é o esconderijo do coração? No caso, até nem. Ela encarecia o marido com sincera vontade. As outras não pensassem que ela não cumpria cuidados de esposa. Que no gozo de Jacinto elas respeitassem a mão de sua vaidosa obra.

Agora, na interruptura da vida dele, Rosalinda tudo lembrava com benevalentia. Com a trespassagem, ela tudo lhe perdoou: mulheres, copos, compridas ausências. A bondade lhe surgira logo na primeira reza, na berma do túmulo. Enquanto orava, sua alma amolecia. Depois dos améns, ela se descobriu apaixonada, por estreia na esteira da vida. Afinal, o Jacinto, meu Jacinto.

— *Amor certo é mais que único.*

Morto sem cura, amor sem remédio. Afinal, quanto a viuvez tem de orfandade? Quanto se despe a existência, deixando a pessoa de umbigo na mão? Os outros admiravam-se da gorda Rosalinda. Então só depois do homem falecer é que ela lhe coroara em trono do seu coração? Sim. Também só agora ela dispunha totalmente de Jacinto, só agora ele lhe pertencia inteiro, exclusivo. Afinal, aqueles olhos que ele levara escancarados estavam destinados só para ela. Só para mim, se indemnizava Rosalinda. Ele nunca mais se repartiria por colo alheio. Jacinto estava garantido em imaginoso juramento. Só um retrato podia ser assim tão fiel.

O triste consolo nela se confirmava: a morte de Jacinto não era mais que o matrimónio que sempre cismara. As outras, rivais, se esvoaram, gajas e momentâneas. De repente, elas não eram mais que um sopro de lábios esquecidos. Mulher perversa não se preserva. Laurinda, agora, concebia: a vida que juntos despenderam foi um simples noivado, coisa de inacabado juízo. E aceitava, sem mágoa, a lembrança de suas velhas injúrias:

— *Teu nome, Rosalinda, são duas mentiras. Afinal, nem rosa, nem linda.*

Ela, em sorriso, comemorava. Suspirava em maré de alma, vaziando-se. No tardio presente, ela toda se dedicava a Jacinto, em subterrâneo namoro. A gorda se derramava como sumo de fruto tombado. Já não joelhava. Isso é gesto viúvo. Que ela agora se bonitava, lustrando seu recente matrimónio.

Mas foi um dia. Rosalinda comprava flores quando viu chegar uma moça bela e ligeirenta. A estranha se abeirou da campa de Jacinto e ali se prostrou, em mostrada tristeza. Rosalinda estranhou-se. Seus olhos se moeram, a menos ver que adivinhar. Aquela era uma jovem muito concreta, suprametida. Via-se que nunca usara capulana, sempre dispensara mulalas.

— *Essa deve ser Dorinha, a outra última dele.*

A viúva chegou-se mais perto mas sem se fazer ver. Não pisava fora das pegadas. Parou em campa vizinha, ficou espreitando, emboscada em seus próprios olhos. A outra exibia um punhado de lágrimas, pouco peso de saudade. Rosalinda amaldiçoou a lacrimaruja.

— *E você, Jacinto, aí em baixo do chão, aposto que está a rir. Bem gozaste em vida, fidamãe: agora, acabou-se as brincadeiras.*

Rosalinda se decidiu, pronta e toda. Dirigiu-se ao serviço funerário e solicitou que mudassem o lugar do caixão, trocassem o "aqui jaz".

— *A senhora pretende transladar os restos mortais?*

E, logo, o funcionário lhe mostrou os longos papéis que a superavam. A viúva insistiu: era só uma mudançazita, uns metritos. O empregado explicou, havia as competências, os deferimentos. A viúva desistiu. Mas apenas se fingiu vencida. Pois ela se enchera de um novo pensamento. Voltou à noitinha, trazendo Salomão, o sobrinho. Às vistas da intenção, o miúdo se assustou:

— *Mas, tia, é para fazer o quê? Desenterrar o titio Jacinto?*

Não, sossegou ela. Era só para trocarem as inscrições dos vizinhos túmulos. Mesmo assim, Salomão tremia mais que a luzinha do xipefo. A viúva tomou dianteira, covando ela própria:

— *Eu sempre disse: lume pedido nunca acende.*

Jacinto, translapidado, devia de se admirar daquelas andanças. Agora, só eu sei qual é sua verdadeira tabuleta, malandro. Rosalinda sacudiu as mortais poeiras, se administrou o devido perdão. Que esse gesto de aldrabar a intrusa lhe fosse minimizado por Deus. A outra paraviúva, que dedicasse seus ranhos ao vizinho, o de morte anexa. Porque aqueles olhos de Jacinto, aqueles olhos que a terra se abstinha de comer, só a ela, Rosa e Linda, estavam destinados.

Aconteceu como ela previra. No dia seguinte, a intrusa compareceu e entregou seu sentimento à campa errada. Rosalinda nutria-se de risos, enquanto espiava o equívoco. Ela se benzia, mais para si que para Deus:

— *Em vida me enganaram. Agora, é o meu troco.*

Rosalinda, a esposa póstuma, se vingava. E foi por tempos, o ajuste. Então, um dia, ela pensou: antes, eu sempre desconsegui. Sempre fui nada. Mas agora eu sinto meus poderes. Rosalinda se enchia de crença, ela mexia para além da morte, lá onde já não havia destino nenhum. E, assim, ela acreditava entender um juízo sem dimensão. Pelas ruinhas do cemitério, Rosalinda saltava sonoras risadas.

— *Vamos, Jacinto, vamos beber xicádju.*

Entornava aguardente num invisível copo, servia-se de ocultas carícias. Às tantas, brigava:

— *Deixa os livros, marido. Agora é que quer estudar?*

E empurrava ninguém. Seus risos, inacreditados, ainda uns tempos estremeceram os mudos cantos do cemitério. Mas depois, os outros, cumpridores de seriedades, temeram suas desordens. A viúva desconhecia os métodos da tristeza, suas gargalhadas incomodavam o sagrado repouso das almas.

E levaram a gorda mulher, aquela que foi viúva antes de ter sido esposa. Levaram-lhe para um lugar sombrio onde ela se converteu em ausência. Rosada, por fim, se promoveu a nenhuma.

O embondeiro
que sonhava pássaros

Pássaros, todos os que no chão desconhecem morada.

Esse homem sempre vai ficar de sombra: nenhuma memória será bastante para lhe salvar do escuro. Em verdade, seu astro não era o Sol. Nem seu país não era a vida. Talvez, por razão disso, ele habitasse com cautela de um estranho. O vendedor de pássaros não tinha sequer o abrigo de um nome. Chamavam-lhe o passarinheiro.

Todas manhãs ele passava nos bairros dos brancos carregando suas enormes gaiolas. Ele mesmo fabricava aquelas jaulas, de tão leve material que nem pareciam servir de prisão. Parecia eram gaiolas aladas, voláteis. Dentro delas, os pássaros esvoavam suas cores repentinas. À volta do vendedeiro, era uma nuvem de pios, tantos que faziam mexer as janelas:

— *Mãe, olha o homem dos passarinheiros!*

E os meninos inundavam as ruas. As alegrias se intercambiavam: a gritaria das aves e o chilreio das crianças. O homem puxava de uma muska e harmonicava sonâmbulas melodias. O mundo inteiro se fabulava.

Por trás das cortinas, os colonos reprovavam aqueles abusos. Ensinavam suspeitas aos seus pequenos filhos — aquele preto quem era? Alguém conhecia recomendações dele? Quem autorizara aqueles pés descalços a sujarem o bairro? Não, não e não. O negro que voltasse ao seu devido lugar. Contudo, os pássaros tão encantantes que são — insistiam os meninos. Os pais se agravavam: estava dito.

Mas aquela ordem pouco seria desempenhada. Mais que todos, um menino desobedecia, dedicando-se ao misterioso passarinheiro. Era Tiago, criança sonhadeira, sem outra habilidade senão perseguir fantasias. Despertava cedo, colava-se aos vidros, aguardando a chegada do vendedor. O homem despontava, e Tiago descia a escada, trinta degraus em cinco saltos. Descalço, atravessava o bairro, desaparecendo junto com a mancha da passarada. O sol findava e o menino sem regressar. Em casa de Tiago se poliam as lástimas:

— *Descalço, como eles.*

O pai ambicionava o castigo. Só a brandura materna aliviava a chegada do miúdo, em plena noite. O pai reclamava nem que fosse esboço de explicação:

— *Foste a casa dele? Mas esse vagabundo tem casa?*

A residência dele era um embondeiro, o vago buraco do tronco. Tiago contava: aquela era uma árvore muito sagrada, Deus a plantara de cabeça para baixo.

— *Vejam só o que o preto anda a meter na cabeça desta criança.*

O pai se dirigia à esposa, encomendando-lhe as

culpas. O menino prosseguia: é verdade, mãe. Aquela árvore é capaz de grandes tristezas. Os mais velhos dizem que o embondeiro, em desespero, se suicida por via das chamas. Sem ninguém pôr fogo. É verdade, mãe.

— *Disparate* — suavizava a senhora.

E retirava o filho do alcance paterno. O homem então se decidia a sair, juntar as suas raivas com os demais colonos. No clube, eles todos se aclamavam: era preciso acabar com as visitas do passarinheiro. Que a medida não podia ser de morte matada, nem coisa que ofendesse a vista das senhoras e seus filhos. O remédio, enfim, se haveria de pensar.

No dia seguinte, o vendedor repetiu a sua alegre invasão. Afinal, os colonos ainda que hesitaram: aquele negro trazia aves de belezas jamais vistas. Ninguém podia resistir às suas cores, seus chilreios. Nem aquilo parecia coisa deste verídico mundo. O vendedor se anonimava, em humilde desaparecimento de si:

— *Esses são pássaros muito excelentes, desses com as asas todas de fora.*

Os portugueses se interrogavam: onde desencantava ele tão maravilhosas criaturas? Onde, se eles tinham já desbravado os mais extensos matos?

O vendedor se segredava, respondendo um riso. Os senhores receavam as suas próprias suspeições — teria aquele negro direito a ingressar num mundo onde eles careciam de acesso? Mas logo se aprontavam a diminuir-lhe os méritos: o tipo dormia nas árvores, em plena passarada. Eles se igualam aos bichos silvestres, se concluíam.

Fosse por desdenho dos grandes ou por glória dos pequenos, a verdade é que, aos pouco-poucos, o passarinheiro foi virando assunto no bairro do cimento. Sua presença foi enchendo durações, insuspeitos vazios. Conforme dele se comprava, as casas mais se repletavam de doces cantos. Aquela música se estranhava nos moradores, mostrando que aquele bairro não pertencia àquela terra. Afinal, os pássaros desautenticavam os residentes, estrangeirando-lhes? Ou culpado seria aquele negro, sacana, que se arrogava a existir, ignorante dos seus deveres de raça? O comerciante devia saber que seus passos descalços não cabiam naquelas ruas. Os brancos se inquietavam com aquela desobediência, acusando o tempo. Sentiam ciúmes do passado, a arrumação das criaturas pela sua aparência. O vendedor, assim sobremisso, adiantava o mundo de outras compreensões. Até os meninos, por graça de sua sedução, se esqueciam do comportamento. Eles se tornavam mais filhos da rua que da casa. O passarinheiro se adentrara mesmo nos devaneios deles:

— *Faz conta eu sou vosso tio.*

As crianças emigravam de sua condição, desdobrando-se em outras felizes existências. E todos se familiavam, parentes aparentes.

— *Tio? Já se viu chamar de tio a um preto?*

Os pais lhes queriam fechar o sonho, sua pequena e infinita alma. Surgiu o mando: a rua vos está proibida, vocês não saem mais. Correram-se as cortinas, as casas fecharam suas pálpebras.

Parecia a ordem já governava. Foi quando surgiram as ocorrências. Portas e janelas se abriam sozinhas, móveis apareciam revirados, gavetas trocadas.

Em casa dos Silvas:

— *Quem abriu este armário?*

Ninguém, ninguém não tinha sido. O Silva maior se indignava: todos, na casa, sabiam que naquele móvel se guardavam as armas. Sem vestígios de força quem podia ser o arrombista? Dúvida do indignatário.

Em casa dos Peixotos:

— *Quem espalhou alpista na gaveta dos documentos?*

O qual, ninguém, nenhum, nada. O Peixoto máximo advertia: vocês muito bem sabem que tipo de documentos tenho aí guardados. Invocava suas secretas funções, seus sigilosos assuntos. O alpisteiro que se denunciasse. Merda da passarada, resmungava.

No lar do presidente do município:

— *Quem abriu a porta dos pássaros?*

Ninguém abrira. O governante, em desgoverno de si: ele tinha surpreendido uma ave dentro do armário. Os sérios requerimentos municipais cheios de caganitas.

— *Vejam este: cagado mesmo na estampilha oficial.*

No somado das ocorrências, um geral alvoroço se instalou no bairro. Os colonos se reuniram para labutar em decisão. Se juntaram em casa do pai de Tiago. O menino iludiu a cama, ficou na porta escutando as graves ameaças. Nem esperou escutar a sentença.

Lançou-se pelo mato, rumo ao embondeiro. O velho lá estava ajeitando-se no calor de uma fogueira.

— *Eles vêm aí, vêm-te buscar.*

Tiago ofegava. O vendedor não se desordenou: que já sabia, estava à espera. O menino se esforçava, nunca aquele homem lhe tivera tanto valor.

— *Foge, ainda dá tempo.*

Mas o vendedor se confortava, em sonolentidão. Sereno, entrou no tronco e ali se ademorou. Quando saiu já vinha gravatado, de fato mezungueiro. De novo, se sentou, limpando as areias por baixo. Depois, ficou varandeando, retocando o horizonte.

— *Vai, menino. É noite.*

Tiago deixou-se. Espreitava o passarinheiro, aguardando o seu gesto. Ao menos, o velho fosse como o rio: parado mas movente. Enquanto não. O vendedeiro se guardava mais em lenda que em realidade.

— *E porquê vestiste o fato?*

Explicou: ele é que era natural, rebento daquela terra. Devia de saber receber os visitantes. Lhe competia o respeito, deveres de anfitrião.

— *Agora, você vai, volta na sua casa.*

Tiago levantou-se, difícil de partir. Olhou a enorme árvore, conforme lhe pedisse proteção.

— *Está a ver a flor?* — perguntou o velho.

E lembrou a lenda. Aquela flor era moradia dos espíritos. Quem que fizesse mal ao embondeiro seria perseguido até ao fim da vida.

Barulhosos, os colonos foram chegando. Cercaram o lugar. O miúdo fugiu, escondeu-se, ficou à espreita. Ele viu o passarinheiro levantar-se, saudando os visitantes. Logo procederam pancadas, chambocos, pontapés. O velho parecia nem sofrer, vegetável, não fora o sangue. Amarram-lhe os pulsos, empurraram-lhe no caminho escuro. Os colonos foram atrás deixando o menino sozinho com a noite. A criança se hesitava, passo atrás, passo adiante. Então, foi então: as flores do embondeiro tombaram, pareciam astros de feltro. No chão, suas brancas pétalas, uma a uma, se avermelharam.

O menino, de pronto, se decidiu. Lançou-se nos matos, no encalço da comitiva. Ele seguia as vozes, se entendendo que levavam o passarinheiro para o calabouço. Quando se ensombrou por trás do muro, no próximo da prisão, Tiago sufocava. Valia a pena rezar? Se, em volta, o mundo se despojara das belezas. E, no céu, tal igual o embondeiro, já nenhuma estrela envaidecia.

A voz do passarinheiro lhe chegava, vinda de além-grades. Agora, podia ver o rosto de seu amigo, o quanto sangue lhe cobria. Interroguem o gajo, espremam-no bem. Era ordem dos colonos, antes de se retirarem. O guarda continenciou-se, obediente. Mas nem ele sabia que segredos devia arrancar do velho. Que raivas se comprovavam contra o vendedor ambulante? Agora, sozinho, o retrato do detido lhe parecia isento de suspeita.

— *Peço licença de tocar. É uma música da sua terra, patrão.*

O passarinheiro ajeitou a harmónica, tentou soprar. Mas recuou da intenção com um esgar.

— *Me bateram muito-muito na boca. É muita pena, senão havia de tocar.*

O polícia lhe desconfiou. A gaita-de-beiços foi lançada pela janela, caindo junto do esconderijo de Tiago. Ele apanhou o instrumento, juntou seus bocados. Aqueles pedaços lhe semelhavam sua alma, carecida de mão que lhe fizesse inteira. O menino se enroscou, aquecido em sua própria redondura. Enquanto embarcava no sono levou a muska à boca e tocou como se fizesse o seu embalo. Dentro, quem sabe, o passarinheiro escutasse aquele conforto?

Acordou num chilreino. Os pássaros! Mais de infinitos, cobriam toda a esquadra. Nem o mundo, em seu universal tamanho, era suficiente poleiro. Tiago se acercou da cela, vigiou o calabouço. As portas estavam abertas, a prisão deserta. O vendedor não deixara nem rasto, o lugar restava amnésico. Gritou pelo velho, responderam os pássaros.

Decidiu voltar à árvore. Outro paradeiro para ele já não existia. Nem rua nem casa: só o ventre do embondeiro. Enquanto caminhava, as aves lhe seguiam, em cortejo de piação, por cima do céu. Chegou à residência do passarinheiro, olhou o chão coberto de pétalas. Já vermelhas não estavam, regressadas ao branco originário. Entrou no tronco, guardou-se na distância de um tempo. Valia a pena esperar pelo velho? No certo, ele se esfumara, fugido dos brancos. No enquanto, ele voltou a soprar na muska. Foi-se embalando no ritmo, deixando de escutar o mundo lá fora. Se guardasse a devida atenção, ele teria notado a chegada das muitas vozes.

— *O sacana do preto está dentro da árvore.*

Os passos da vingança cercavam o embondeiro, pisando as flores.

— *É o gajo mais a gaita. Toca, cabrão, que já danças!*

As tochas se chegaram ao tronco, o fogo namorou as velhas cascas. Dentro, o menino desatara um sonho: seus cabelos se figuravam pequenitas folhas, pernas e braços se madeiravam. Os dedos, lenhosos, minhocavam a terra. O menino transitava de reino: arvorejado, em estado de consentida impossibilidade. E do sonâmbulo embondeiro subiam as mãos do passarinheiro. Tocavam as flores, as corolas se envolucravam: nasciam espantosos pássaros e soltavam-se, petalados, sobre a crista das chamas. As chamas? De onde chegavam elas, excedendo a lonjura do sonho? Foi quando Tiago sentiu a ferida das labaredas, a sedução da cinza. Então, o menino, aprendiz da seiva, se emigrou inteiro para suas recentes raízes.

A princesa russa

[...] Bastou correr fama que em Manica havia ouro e anunciar-se que para o transportar se construiria uma linha férrea, para logo aparecerem libras, às dezenas de milhar, abrindo lojas, estabelecendo carreiras de navegação a vapor, montando serviços de transportes terrestres, ensaiando indústrias, vendendo aguardente, tentando explorar por mil formas não tanto o ouro, como os próprios exploradores do futuro ouro [...]

(António Ennes, Moçambique, *Relatório Apresentado ao Governo,* Lisboa, Agência Geral das Colónias, 1946, pp. 27-30)

Desculpa, senhor padre, não estou joelhar direito, é a minha perna, o senhor sabe: ela não encosta bem junto com o corpo, esta perna magrinha que uso na esquerda.

Venho confessar pecados de muito tempo, sangue pisado na minha alma, tenho medo só de lembrar. Faz favor, senhor padre, me escuta devagar, tenha paciência. É uma história comprida. Como eu sempre digo: carreiro de formiga nunca termina perto.

O senhor talvez não conhece mas esta vila já beneficiou de outra vida. Houve os tempos em que chegava gente de muito fora. O mundo está cheio de países, a maior parte deles estrangeiros. Já encheram os céus de bandeiras, nem eu sei como os anjos podem circular sem chocarem-se nos panos. Como diz? Entrar direito na história? Sim, entro. Mas não esqueça: eu já pedi um muitozito do seu tempo. É que uma vida demora, senhor padre.

Continuo, então. Nessa altura, chegou também na

vila de Manica uma senhora russa, Nádia era o nome dela. Diziam era uma princesa lá na terra de onde viera. Acompanhava seu marido Iúri, russo também. O casal chegou por causa do ouro, como os outros todos estrangeiros que vinham desenterrar riquezas deste nosso chão. Esse Iúri comprou as minas, na espera de ficar rico. Mas conforme dizem os mais velhos: não corras atrás da galinha já com o sal na mão. Porque as minas, padre, eram do tamanho de uma poeira, basta um sopro e o quase fica nada.

No entanto, os russos traziam restos dos sustentos deles, luxos de antigamente. A casa deles, se o senhor só visse, estava cheia das coisas. E empregados? Eram mais que tantos. E eu, assimilado como que era, fiquei chefe dos criados. Sabe como me chamavam? Encarregado-geral. Era a minha categoria, eu era um alguém. Não trabalhava: mandava trabalhar. Os pedidos dos patrões era eu que atendia, eles falavam comigo de boa maneira, sempre com respeitos. Depois eu pegava aqueles pedidos e gritava ordens para esses mainatos. Gritava, sim. Só assim eles obedeciam. Ninguém desempenha canseiras só por gosto. Ou será Deus, quando expulsou Adão do Paraíso, não lhe despachou com pontapés?

Os criados me odiavam, senhor padre. Eu sentia aquela raiva deles quando lhes roubava os feriados. Não me importava, até que gostava de não ser gostado. Aquela raiva deles me engordava, eu me sentia quase-quase patrão. Me disseram que este gosto de mandar é um pecado. Mas eu acho é essa minha perna que me aconselha maldades. Tenho duas pernas:

uma de santo, outra de diabo. Como posso seguir um só caminho?

Às vezes, eu apanhava conversas dos criados nas cubatas. Raivavam muita coisa, falas cheias de dentes. Eu aproximava e eles calavam. Desconfiavam-me. Mas eu me sentia elogiado com aquela suspeita: comandava medo que lhes fazia tão pequenos. Eles se vingavam, me gozavam. Sempre, sempre me imitavam no coxo-coxo. Riam-se, os sacanas. Desculpa, usar palavralhões num lugar de respeito. Mas essa zanga antiga me permanece atual. Nasci com o defeito, foi castigo que Deus me reservou mesmo antes de eu me constituir em gente. Eu sei que Deus é completamente grande. Contudo, padre, contudo: o senhor acha que Ele me foi justo? Estou a injuriar o Santíssimo? Bom, estou a confessar. Se ofendo agora, o senhor depois aumenta nos perdões.

Está certo, me prossigo. Nessa casa os dias eram sempre iguais, tristes e calados. Manhã cedinho, o patrão despegava para a mina, machamba do ouro, era assim que chamava. Só voltava à noite, noitíssima. Os russos não tinham visitas. Os outros, ingleses, portugueses, não paravam lá. A princesa vivia fechada na sua tristeza. Vestia com cerimónia mesmo dentro de casa. Ela, posso dizer, visitava-se a ela própria. Falava sempre murmúrios, para ser escutada tínhamos que levar a orelha perto. Eu aproximava do seu corpo fino, pele tão branquíssima nunca vi. Essa branqueza muito me frequentou os sonhos, ainda hoje estremeço do perfume dessa cor.

Ela costumava demorar-se numa pequena salinha,

olhando um relógio de vidro. Escutava os ponteiros a pingar o tempo. Era um relógio da sua família, só a mim ela confiava a sua limpeza. Se esse relógio partisse, Fortin, era a minha vida que toda se partia. Ela sempre me dizia assim, conselhando cuidados.

Uma noite dessas eu estava na minha cubata, a acender o xipefo. Foi quando uma sombra me assustou à minha trás. Olhei, era a senhora. Trazia uma vela e aproximou devagarinho. Espreitou o meu quarto, conforme a luz dançava nos cantos. Fiquei todo atrapalhado, envergonhado até. Sempre ela me via naquela farda branca que eu usava no serviço. Agora, eu estava ali de cabedula, sem camisa nem respeito. A princesa circulou-se em volta e depois, com meu espanto, sentou na minha esteira. Já viu? Uma princesa russa sentada numa esteira? Ela ficou ali uma quantidade de tempo, só sentada, permanecida. Depois, perguntou, com aquela maneira dela falar o português:

— *Afinhal, vaciê vive àqui?*

Eu não tinha resposta. Comecei de pensar que ela estava doente, a cabeça dela estava a trocar os lugares.

— *Minha senhora: é melhor voltar na sua casa. Este quarto não é bom para a senhora.*

Ela não deu resposta. Voltou a perguntar:

— *E par si é bom?*

— *Para mim chega. Basta um teto a tapar-nos do céu.*

Ela corrigiu minhas certezas. Os bichos, disse, é que usam tocas para esconder. Casa de pessoa é lugar de ficar, o sítio onde semeamos as nossas vidas. Perguntei se na terra dela havia pretos e ela fartou de rir:

ó Fortin, você faz cada perguntas! Admirei: se não havia pretos quem fazia os trabalhos pesados lá na terra dela? São brancos, respondeu. Brancos? Mentira dela, pensei. Afinal, quantas leis existem nesse mundo? Ou será que a desgraça não foi distribuída conforme as raças? Não, não estou a perguntar a si, padre, só estou a discutir-me sozinho.

Foi assim que conversámos aquela noite. À porta, ela me pediu de ver o compounde onde dormiam os outros. Primeiro, neguei. Mas, no fundo, eu desejava ela fosse lá. Para ela ver que aquela miséria era muito inferior da minha. E, assim, me aceitei: saímos no escuro a ver o lugar desses com patente de mainato. A princesa Nádia se encheu de tristeza assistindo àquelas vivências. Ficou tão expressionada que começou a trocar as falas, a saltitar do português para o dialeto dela. Ela só agora entendia o motivo do patrão não lhe deixar sair, nunca autorizar. É só para eu não ver toda esta miséria, dizia ela. Reparei que chorava. Coitada da senhora, senti pena. Uma mulher branca, tão longe dos da raça dela, ali, no pleno mato. Sim, para a princesa, tudo aquilo devia ser mato, arredores de mato. Mesmo a grande casa, arrumadinha segundo a vontade dos seus costumes, mesmo a sua casa era residência dos matos.

No regresso, eu me espetei num desses picos de micaia. O espinho me entrou fundo no pé. A princesa me quis ajudar mas eu lhe afastei:

— *Não pode mexer. Esta minha perna, senhora...*

Ela compreendeu. Começou de me dar um consolo, que aquilo nem era defeito, o meu corpo não merecia nenhuma vergonha. Ao princípio, não gostei. Suspeitei que sentisse pena, compaixonada, só mais nada. Mas, depois, me entreguei naquela doçura dela, esqueci a dor no pé. Parecia aquela perna ambulante já nem era minha.

Desde essa noite a senhora começou sempre a sair, visitar as redondezas. Aproveitava as ausências do patrão, mandava que lhe mostrasse os caminhos. Um dia destes, Fortin, havemos de partir cedo e ir até às minas. Me assustavam aqueles desejos dela. Eu conhecia as ordens do patrão, proibindo as saídas da senhora. Até que, uma vez, a coisa estalou:

— *Os outros empregados me disseram que andas a sair com a senhora.*

Sacanas, me queixaram. Só para mostrarem que eu, como eles, me baixava diante da mesma voz. A inveja é a pior cobra: morde com os dentes da própria vítima. E, então, nesse momento, eu me recuei:

— *Não sou eu que quero, patrão. É a senhora que manda.*

Viu, senhor padre? Num instante, eu estava ali denunciando a senhora, traiçoando a confiança que ela me punha.

— *É a última vez que acontece, ouviste, Fortin?*

Deixámos de ruar. A princesa me pedia, insistia. Só por um bocadinho de distância, Fortin. Mas eu não tinha espírito. E, assim, a senhora voltou a ficar, prisioneira da casa. Parecia estátua. Mesmo quando o patrão chegava, já noite, ela se mantinha, parada, olhando o relógio. Ela via o tempo que só se mostrava aos que, na vida, não têm presença. O patrão nem se incomodava com ela: marchava direito para a mesa, ordenava por bebida. Ele comia, bebia, repetia. Nem reparava a senhora, parecia ela era subexistente. Não batia nela. Porrada não é coisa para príncipe. Pancada ou morte eles não executam, encomendam os outros. Somos nós a mão das suas vontades sujas, nós que temos destino de servir. Eu sempre bati por mando de outros, espalhei porradarias. Só bati gente da minha cor. Agora, olho em volta, não tenho ninguém que eu posso chamar de irmão. Ninguém. Não esquecem esses negros. Raça rancorosa esta que eu pertenço. O senhor também é negro, pode entender. Se Deus for negro, senhor padre, estou frito: nunca mais vou ter perdão. É que nunca mais! Como diz? Não posso falar de Deus? Porquê, padre, será que Ele me ouve aqui, tão longe do céu, eu tão minúsculo? Pode ouvir? Espera, senhor padre, me deixa só endireitar esta minha posição. Raios da perna, sempre nega me obedecer. Pronto, já posso me confessar mais. Foi como eu disse. Dizia, aliás. Não havia história em casa dos russos, nada não acontecia. Só silêncios e suspiros da senhora. E o relógio batucando aquele vazio. Até que, um dia, o patrão me apressou com gritarias:

— *Chama os criados, Fortin. Rápido, todos lá para fora.*

Juntei os moleques, mainatos e também o cozinheiro gordo, o Nelson Máquina.

— *Vamos para a mina. Depressa, subam todos na carroça.*

Chegámos à mina, fomos dados as pás e começámos a cavar. Os tetos da mina tinham caído, mais outra vez. Debaixo daquela terra que pisávamos estavam homens, alguns já muito mortos, outros a despedirem da vida. As pás subiam e desciam, nervosas. Víamos aparecer braços espetados na areia, pareciam raízes de carne. Havia gritos, confusão de ordens e poeiras. Ao meu lado, o cozinheiro gordo puxava um braço, preparando toda a força dele para desenterrar o corpo. Mas o quê, era um braço avulso, já arrancado do corpo. O cozinheiro caiu com aquele pedaço morto agarrado em suas mãos. Sentado sem jeito, começou de rir. Olhou para mim e aquele riso dele começou a ficar cheio de lágrimas, o gordo parecia uma criança perdida, soluçando.

Eu, senhor padre, não aguentei. Desconsegui. Foi pecado mas eu dei costas naquela desgraça. Aquele sofrimento era demasiado. Um dos mainatos me tentou segurar, me insultou. Eu desviei o rosto, não queria que ele visse que eu estava a chorar.

Naquele ano, a mina caía pela segunda vez. Também da segunda vez eu abandonava os salvamentos. Não presto, eu sei, senhor padre. Mas um inferno assim o senhor nunca viu. Rezamos a Deus para, depois de falecermos, nos salvar dos infernos. Mas afinal os infernos já nós vivemos, calcamos suas chamas, levamos a alma cheia de cicatrizes. Era como ali, aquilo parecia uma machamba de areia e sangue, a gente tinha medo só de pisar. Porque a morte se enterrava nos nossos olhos, puxando a nossa alma com os muitos braços que ela tem. Que culpa tenho, diga-me com sinceridade, que culpa tenho de desconseguir peneirar pedaços de pessoa?

Não sou homem de salvar. Sou pessoa de ser acontecida, não de acontecer. Tudo isso eu pensava enquanto regressava. Meus olhos nem pediam caminho, parecia eu caminhava em minhas próprias lágrimas. De repente, lembrei da princesa, parecia que escutava a sua voz pedindo socorro. Era como se ela estivesse ali, à esquina de cada árvore, suplicando de joelhos como eu estou agora. Mas eu, mais outra vez, negava dispensar ajudas, me afastava das bondades.

Quando cheguei na cubata custava-me ouvir aquele mundo em volta, cheio dos sons bonitos do anoitecer. Escondi-me nos próprios meus braços, fechei o pensamento num quarto escuro. Foi então que as mãos dela chegaram. Vagarmente, desenrolaram aquelas cobras teimosas que eram os meus braços. Falou-me como se eu fosse criança, o filho que ela nunca teve:

— *Foi desastre na mina, não foi?*

Respondi só com a cabeça. Ela proferiu maldições na sua língua e saiu. Fui com ela, sabia que sofria mais que eu. A princesa sentou-se na sala grande e, em silêncio, esperou o marido. Quando o patrão chegou, ela levantou-se devagar e nas mãos dela apareceu o relógio de vidro. Esse que ela tanto me recomendava cuidados. Subiu o relógio bem acima da cabeça e, com força máxima, atirou-lhe no chão. Os vidros se espalharam, brilhantes grãos cobriram o chão. Ela continuou partindo outras louças, tudo fazendo sem pressas, sem gritos. Mas aqueles vidros cortavam a alma dela, eu sabia. O patrão, sim, gritou. Primeiro em português. Deu ordem para que parasse. A princesa não obedeceu. Ele gritou na língua, ela nem ouviu. E, sabe o que ela fez? Não, o senhor não pode imaginar, mesmo a mim me custa testemunhar-me. A princesa descalçou os sapatos e, olhando a cara do marido, começou a dançar em cima dos vidros. Dançou, dançou, dançou. O sangue que deixou, senhor padre! Eu sei, fui eu que limpei. Levei o pano, passei no chão como se cariciasse o corpo da senhora, consolando as tantas feridas. O patrão me ordenou que saísse, deixasse tudo como que estava. Mas eu recusei. Tenho que limpar este sangue, patrão. Respondi com voz que nem parecia minha. Desobedecia eu? De onde vinha aquela força que me segurou no chão, preso na minha vontade?

E foi assim, o impossível verídico. Muito tempo se passando num súbito repente. Não sei se por motivo dos vidros, no seguinte dia, a senhora se adoeceu. Ficou deitada num quarto separado, dormia sozinha. Eu fazia arrumação da cama enquanto ela descansava no sofá. Falávamos. O assunto não variava: recordações da sua terra, embalos de infância dela.

— *Essa doença, senhora, com certeza são saudades.*

— *Tode minha vide eshtá lá. O homem que amo eshtá na Rússia, Fartin.*

Eu me oscilei, fingido. Nem não queria entender.

— *Chame-se Anton, esse é único sanhor de meu caração.*

Estou a imitar as falas dela, não é fazer pouco. Mas eu guardo assim a confissão dela, desse tal amante. Seguiram-se confidências, ela sempre me entregando lembranças desse amor escondido. Eu tinha medo que as nossas conversas fossem ouvidas. Despachava o serviço às pressas só para sair do quarto. Mas, um dia, ela me entregou um envelope fechado. Era assunto de máximo segredo, ninguém nunca podia suspeitar. Me pediu para entregar aquela carta no correio, lá na vila.

Daquele dia em diante, ela sempre me entregava cartas. Eram seguidas, uma, outra, mais outra. Escrevia deitada, as letras do envelope tremiam com a febre dela.

Mas padre: quer saber a verdade? Eu nunca entreguei as tais cartas. Nada, nem uma. Este pecado tenho e sofro. Era o medo que travava as devidas obediências, medo de ser apanhado com aquelas provas ardendo em plena mão.

A pobre senhora me encarava com bondade, acreditando um sacrifício que eu nem fazia. Ela me entregava as correspondências e eu começava a tremer, parecia os dedos seguravam lume. Sim, digo certo: lume. Porque foi esse mesmo o destino de todas aquelas cartas. Todas eu deitei no fogareiro da cozinha. Ali foram queimados os segredos da minha senhora. Eu ouvia o fogo e parecia eram os suspiros dela. Caramba, senhor padre, estou a suar só de falar estas vergonhas.

Assim, passou-se o tempo. A senhora só piorava das forças. Eu entrava no quarto e ela muito me olhava, quase me furava com aqueles olhos azuis. Nunca perguntou se tinha chegado resposta. Nada. Só aqueles olhos roubados do céu me inquiriam em mudo desespero.

O médico, agora, vinha todos os dias. Saía do quarto, abanava a cabeça, negando esperanças. Toda a casa se penumbrava, as cortinas sempre fechadas. Só sombras e silêncios. Uma manhã vi a porta abrir-se quase uma fresta. Era a senhora que espreitava. Com um aceno, fez-me entrar. Perguntei as suas melhorias. Ela não respondeu. Sentou em frente do espelho e espalhou aquele pó cheiroso, aldrabando a cor da morte na cara dela. Pintou a boca mas demorou a acertar a tinta nos respectivos lábios. As mãos tremiam tanto que o vermelho riscava o nariz, o queixo todo em volta. Se eu fosse mulher ajudava mas, sendo homem, fiquei-me só olhando, reservoso.

— A senhora vai sair?

— Vou à esteção. Vamos os dois.

— Na estação?

— Sim. Anton vai chagar neste camboio.

E, abrindo a saca, mostrou uma carta. Disse que aquela era a resposta dele. Tinha demorado mas acabara por chegar, ela abanava o envelope como fazem as crianças quando têm medo que tirem suas fantasias. Disse alguma coisa em russo. Depois falou em português: o tal Anton vinha no comboio da Beira, vinha levar ela dali para muito longe.

Delírio dela, com certeza. A senhora só estava a fingir uma ideia. Como podia ter chegado uma resposta? Se era eu que levantava toda a correspondência? Se a senhora há mais de muitos dias nunca saía de casa? E, para mais: se as letras da senhora se endereçaram no fogo?

Segurada nos meus braços, ela se meteu na estrada. Fui bengala dela até perto da estação. Foi aqui, senhor padre, que cometi um máximo pecado. Sou muito duro comigo, não me admito. Sim, de tudo eu me defendo menos de mim. Por isso, me rouba peso esta confissão. Já conto com Deus na minha defesa. Não será estou certo, padre? Então, escute.

A pele da princesa estava encostadinha no meu corpo, eu transpirava o suor dela. A senhora estava no meu colo, total, abandonada. Comecei de sonhar que ela, afinal, estava a fugir comigo. Quem era eu senão esse tal Anton? Sim, eu me autenticava escritor da carta. Fui intrujeiro? Mas eu, na altura, me concordei. Afinal se a vida da senhora já não tinha validade, o que importava era ajudar aqueles delírios dela. Talvez, quem sabe, pudessem essas loucuras sarar a ferida que roubava o corpo dela. Mas já viu, senhor padre, o que eu me fui fingir? Eu, Duarte Fortin, encarregado--geral dos criados, fugir com uma branca, princesa ainda para mais? Como se algum dia ela quisesse comigo, um tipo dessa cor e com pernação desigual. Não há dúvida, tenho alma de minhoca, hei-de rastejar no outro mundo. Os meus pecados pedem muitíssima reza. Reze-me, senhor padre, reze-me tanto! Porque o pior, o pior ainda não contei.

Eu carregava a princesa num caminho desviado. Ela nem deu conta desse desvio. Levei a senhora para a margem do rio, deitei-lhe sobre a relva macia. Fui ao rio buscar um pouco de água. Molhei a cara dela e o pescoço. Ela respondeu um arrepio, aquela máscara de pó começou de desmanchar. A princesa respirava aos custos. Olhou em volta e perguntou:

— *A esteção?*

Resolvi mentir. Disse que era ali, mesmo ao lado. Estávamos naquela sombra só para esconder dos outros que esperavam no pátio da estação.

— *Não podemos ser vistos, é melhor esperar o comboio neste esconderijo.*

Ela, coitada, me agradeceu os cuidados. Disse que nunca tinha visto um homem tão bondoso. Pediu que lhe acordasse quando fosse a hora; estava muito cansada, precisava repouso. Fiquei a olhar para ela, apreciar sua tão próxima presença. Vi os botões do seu vestido, adivinhei toda a quentura que estava em baixo. O meu sangue ganhou pressas. Ao mesmo tempo, eu sofria medo. E se o patrão me apanhasse, ali no meio dos capins com a sua senhora? Era só apontar o focinho escuro da espingarda e disparar-me. Foi esse receio de ser espingardado que me travou. Fiquei demorado, só olhando aquela mulher no meu colo. Foi então que o sonho, mais uma vez, me começou a fugir. Sabe o que senti, senhor padre? Senti que ela já não tinha o seu próprio corpo: usava o meu. Está a perceber, padre? Ela tinha a pele branca que era a minha, aquela boca dela me pertencia, aqueles olhos azuis eram ambos meus. Era como se fosse uma alma distribuída em dois corpos contrários: um macho, outro fêmea; um preto, outro branco. Está-se a duvidar? Fique a saber, padre, que os opostos são os mais iguais. Não acredita, veja: o fogo não é quem se parece mais ao gelo? Ambos queimam e, nos dois, só através da morte o homem pode entrar.

Mas se eu era ela, então, estava eu a morrer no meu segundo corpo. Assim, me senti enfraquecido, desistido. Caí ao lado dela e ficámos os dois sem mexer. Ela, de olhos fechados. Eu evitando a sonolentidão. Sabia que se fechasse os olhos, nunca mais havia de abrir-me. Eu já estava muito interno, não podia descer mais. Há momentos que ficamos muito parecidos com os mortos e essa semelhança dá força aos defuntos. É isso que eles não perdoam: é nós, os vivos, sermos tão parecidos com eles.

E sabe como salvei, padre? É porque enfiei os braços na terra quente, como faziam aqueles mineiros moribundos. Foram as minhas raízes que me amarraram à vida, foi isso que me salvou. Levantei, todo suado, cheio das febres. Resolvi sair dali, sem demora. A princesa ainda estava viva e fez um gesto para me parar. Desprezei o pedido. Voltei para casa enquanto sentia aquele mesmo aperto de quando abandonei os sobreviventes na mina. Quando cheguei, disse ao patrão: encontrei a senhora já morta, numa árvore perto da estação. Acompanhei-lhe para ele mesmo confirmar. Na tal sombra, a princesa ainda respirava. Quando o patrão se baixou, ela agarrou os ombros dele e disse:

— *Anton!*

O patrão ouviu aquele nome que não pertencia-lhe. Mesmo assim beijou a testa dela, carinhoso. Fui buscar a carroça e, quando a levantámos, ela já estava morta, fria como as coisas. Do vestido dela caiu, então, uma carta. Eu tentei apanhar mas o patrão foi mais rápido. Olhou com admiração o envelope e depois me espreitou o rosto. Fiquei, de queixo no peito, receando ele me perguntasse. Mas o patrão machucou o papel e meteu-lhe no bolso. Fomos em silêncio até casa.

No dia seguinte, eu fugi para Gondola. Até agora estou lá, no serviço dos comboios. De vez em quando, venho até Manica e passo no velho cemitério. Joelho-me na campa da senhora e peço desculpa nem eu sei de quê. Não, por acaso, até sei. Peço perdão de eu não ser aquele homem que ela esperava. Mas esse é só um fingimento de culpa, o senhor sabe como é mentira esse meu joelhamento. Porque enquanto estou ali, frente à campa, só lembro o sabor do corpo dela. Por isso lhe confesso este azedo que me rouba o gosto da vida. Já pouco falta para eu sair deste mundo. Mesmo já pedi licença a Deus para morrer. Mas parece Deus não escuta esses pedidos. Como diz, padre? Não devo falar assim, desistido? Se é assim que eu me lembro de mim, viúvo de mulher que não tive. É que já me sinto tão pouco. A única alegria que me aquece, sabe qual é? É quando saio do cemitério e vou passear nas poeiras e cinzas de antiga mina dos russos. Aquela mina já fechou, faleceu junto com a senhora. Eu caminho-me lá sozinho. Depois sento num velho tronco e olho para trás, para esses caminhos onde pisei. E sabe o que vejo, então? Vejo duas pegadas, diferentes, mas ambas saídas do meu corpo. Umas de pé grande, pé masculino. Outras são marcas de pé pequeno, de mulher. Esse é o pé da princesa, dessa que caminha ao meu lado. São pegadas dela, padre. Não há certeza maior que eu tenho. Nem Deus me pode corrigir desta certeza. Deus pode não me perdoar nenhum pecado e eu arriscar o destino dos infernos. Mas eu nem me importo: lá, nas cinzas desse inferno, eu hei-de ver a marca desses passos dela, caminhando sempre a meu lado esquerdo.

O pescador cego

O barco de cada um está em seu próprio peito.
(Provérbio macúa)

Vivemos longe de nós, em distante fingimento. Desaparecemo-nos. Porque nos preferimos nessa escuridão interior? Talvez porque o escuro junta as coisas, costura os fios do disperso. No aconchego da noite, o impossível ganha a suposição do visível. Nessa ilusão descansam os nossos fantasmas.

Tudo isto escrevo, mesmo antes de começar. Escrita de água de quem não quer lembrança, o definitivo destino da tinta. Por causa de Maneca Mazembe, o pescador cego. Deu-se o caso de ele vazar os ambos olhos, dois poços bebidos pelo sol. Maneira como perdeu as vistas é assunto de acreditar. Há dessas estórias que, quanto mais se contam, menos se conhece. Muitas vozes, afinal, só produzem silêncio.

Aconteceu em certa pescaria: Mazembe se perdeu nos senfins. A tempestade assustara o pequeno concho e o pescador se infindou, invindável. Passaram as horas, chamadas pelo tempo. Sem rede nem reserva, Mazembe fez fé na espera. Mas a fome começou a fazer ninho em sua barriga. Decidiu lançar a linha, já sem esperança: o anzol carecia de isco. E ninguém conhece peixe que se suicide por gosto, mordendo anzol vazio.

Durante as noites, o frio se esmerava. Maneca Mazembe em si mesmo se cobria. Não existe melhor aconchego que o corpo, pensava ele. Ou será os bebés, dentro da grávida, sofrem de frio?

A semana decorreu-se, cheia de dias. O barco mantinha-se, sobremarinho. O pescador aguentava-se, sobrevivo. À medida da fome, ele apalpava as costelas no caixilho do corpo:

— *Já eu nem me apareço.*

E sempre é assim: o juízo emagrece mais rápido que o corpo. Foi nessa magreza que cresceu a decisão de Maneca. Puxou da faca e segurou o gesto com firmeza. Tirou o esquerdo. Deixou o outro para os restantes serviços. E espetou o olho no anzol. Era já órgão estranho, desencovado. Mas ele se arrepiou de o contemplar. Parecia que aquele olho deserdado o continuava a fitar, em magoada solidão de órfão. E assim, aquele anzol, entrando em sua alheia carne, lhe doeu como nenhum espinho pode tanto aleijar.

Lançou a linha e esperou. Já adivinhava o tamanho de um peixe, afogando-se no ar. Sim, porque não é todos os dias um peixe pode trincar um petisco desses. E riu-se de suas próprias palavras.

O peixe, ao cabo de muitos enfins, lá veio. Gordo de prata. Aliás: alguém já viu um peixe magrinho? Nunca. O mar é generoso, mais do que a terra.

Assim pensava Mazembe enquanto se vingava dos

jejuns. Assou o peixe no pleno barco. Cuidado, um dia arde o concho, contigo dentro. Era o aviso de Salima, sua esposa. Agora, de estômago resolvido, ele sorria. Salima, que sabia ela? Magrita, sua delicadeza era a dos caniços, submissos, mesmo à suave brisa. Nem se entendia que força ela tirava de si mesma quando erguia bem alto o pau do pilão. E no embalo de Salima, Maneca amoleceu até sonecar.

Mas não se mede a árvore pelo tamanho da sombra. As fomes, teimosas, regressaram. Mazembe queria remar, desconseguia. Já nenhuma força lhe atendia. Resolveu-se, então: arrancaria o direito. Assim, de novo, se cirurgiou. O escuro encerrou o pescador. Mazembe, bicego, só nos dedos se confiava à visão. Voltou a lançar a linha no mar. Não esperou até sentir o esticão, anunciando o maior peixe que ele nunca pescara.

No provisório alívio da fome, seus braços reganharam competência. Sua alma regressara do mar. Remou, remou, remou. Até que o barco chocou, escuro de encontro ao escuro. Pelo modo das ondas, barulhando em vagas infantis, adivinhou ter chegado a uma praia. Levantou-se e gritou por ajuda. Esperou vários silêncios. Por fim, escutou vozes, gente que chegava. Ele se admirou: aquelas vozes lhe eram familiares, as mesmas do seu mesmo lugar. Seria que os seus braços reconheceram o caminho de regresso, sem ajuda das vistas? Foi arrancado por muitas mãos que lhe ajudaram a descer.

Havia choros, estremunhos. Todos lhe queriam ver, ninguém lhe queria olhar. Sua chegada espalhava alegrias, seu aspecto semeava horrores. Mazembe regressara despido daquilo que mais nos constitui: os olhos, janelas onde nossa alma se acende.

Desde então, Maneca Mazembe jamais se fez ao mar. Não que fosse de sua vontade ficar naquele exílio, desmarado. Ele insistia: seus braços tinham provado conhecer os atalhos da água. Mas ninguém não autorizava. Muito-muito sua mulher lhe negava entregar os remos.

— *Tenho que ir, Salima. Vamos comer o quê?*

— *Mais vale pobre que viúva.*

Ela lhe descansou, haveria de apanhar amêijoa, magajojo, búzios de comer e vender. E, assim, entreteriam a miséria.

— *Também eu posso pescar, Maneca, no barco...*

— *Nunca, mulher. Nunca.*

Mazembe se tempestou: que ela nunca mais repetisse a ideia. Era cego mas não perdera o seu macho estatuto.

Passaram-se os tempos. Nas longas manhãs, o cego se apetrechava de sol. No onduralar, seus sonhos imaginadavam. Até que, nos meios-dias, sua filha lhe puxava para o carinho de uma sombra. Ali lhe serviam comida. Só os filhos o podiam fazer. Porque o pescador se entregara a uma única guerra: afastar os cuidados de Salima, sua dedicada esposa. Aceitar o seu amparo era, para Mazembe, a mais dolorosa rebaixeza. Salima lhe oferecia uma ternura, ele recusava. Ela chamava-lhe, ele respondia um resmungo.

Mas, no afundar do tempo, a fome se instalou. Salima se arrastava, mais pontual que as marés, colhendo cascas de miséria, demasiada concha para pouco comer.

Salima, então, se anunciou ao marido: por muito que lhe custasse ela barquejaria no dia seguinte. Iria pescar, seu corpo escondia mandos que ele ignorava. Mazembe negou, em desespero. Nunca! Onde se viu uma mulher pescando, dando ordem a barco? Que diriam os outros pescadores?

— *Nem que seja eu te marrar no meu pé, Salima: tu não vais no mar.*

Com palavra já feita, ele gritou pelos filhos. Desceu de encontro à praia. Toda sua magreza se fazia tensa no arco do corpo. A maré estava baixa e a embarcação deitara-se de barriga na areia, espreguicenta.

— *Vamos crianças. Vamos puxar este barco lá para cima.*

Ele e os filhos empurraram o barco para o alto das dunas. Levaram-no para onde nunca chegavam as ondas. Mazembe sacudia as mãos, injuriando a mulher.

— *Tu, Salima, não experimenta comigo.*

E, virando-se para o barco, determinou:

— *Agora vais ser casa.*

Desde então, Maneca Mazembe viveu no barco, marinho-terrestre. Ele junto com a embarcação, parecia uma tartaruga virada, incapaz de regressar ao mar. E, nessa extensa solidão, Mazembe se deixou ao abandono.

Até uma manhã incerta. Salima se aproximou do barco, ficou contemplando o marido. Ele estava em apurado desleixo, com cara de muitas barbas. A mulher sentou-se, ajeitou nos braços uma panela com arroz. Falou:

— *Maneca, você há muito tempo não me bate as porradas.*

Quem sabe, adiantou ela, se aquele azedo dele seria devido da abstinência. Talvez ele precisasse sentir as lágrimas dela, exclusivo proprietário das suas sofrências.

— *Mazembe, você pode bater. Eu ajudo: fico quietinha, sem desviar para nenhum lado.*

O pescador, silencioso, percorria os atalhos da alma. Conhecia as armadilhas das mulheres. Por isso, desgovernou a conversa:

— *Nem sei que horas são. Agora, eu nunca sei.*

Salima insistia, quase em súplica. Ele que lhe batesse. O homem, ao cabo de muito instante, ergueu-se. Tropeçou no vulto dela, segurou-lhe o braço, em laço acusador. Salima esperou a conjugal violência. A mão dele desceu mas foi para segurar a panela. Num gesto brusco lançou por terra o alimento.

— *Nunca mais me traga comida. Não preciso de nenhuma sua coisa. Nunca mais.*

A mulher sentou entre arroz e areia, o mundo desfeito em grãos. Olhou o marido regressando ao barco e viu como se parentavam, homem e coisa: este, carente da luz; aquele, saudoso das ondas. Quando se encaminhava, Salima foi detida pelo seu chamamento:

— *Mulher, estou a pedir trazer-me o fogo.*

Ela estremeceu. O fogo, era para quê? Um fundo pressentimento lhe fez negar. Em pranto, ela lhe obedeceu. Trouxe um pau de lenha, ardendo.

— *Não faça isso, marido.*

O cego segurou a acha como se fosse uma espada. Depois, lançou fogo no barco. Salima gritava, rodando as chamas, fossem elas ardendo era dentro de si. Aquela loucura dele era um convite à desgraça. Por isso, ela lhe sacudiu a velha camisa, para que ele escutasse sua decisão de partir, levar os filhos para nunca mais. E a mulher foi-se, sequer deixando que seus meninos figurassem seu velho pai, em estado de feitiço, desabençoando suas vidas.

O pescador ficou só, parecia o areal ficara ainda mais imenso. No seu ínfimo desenho ele se deixou anoitecer, apalpando nos dedos o sabor das cinzas. O tatear dos restos lhe dava um sentido de grandeza. Ao menos, lhe coubesse desfazer, destruir o quanto lhe estava interdito.

Os dias se seguiram sem Maneca reparar. Certa noite, porém, se confirmou o presságio de Salima: aquele fogo voara demasiado alto, incomodando os espíritos. Porque, no topo dos coqueiros, o vento se deu de uivar. Mazembe se afligiu, o chão mesmo se arrepiou. Súbito, o céu se rasgou e grossas pedras de gelo tombaram em toda a praia. O pescador corria no vazio, à procura de abrigo. O granizo, implacável, lhe castigava. Maneca desconhecia explicação. Nunca ele se cruzara com tais fenómenos. A terra subiu para o céu, pensou. Virado do avesso, o mundo deixava tombar seus materiais. Em angústia de órfão, o pescador caiu sobre os joelhos, braços enrolados sobre a cabeça. Ele nem a si se ouvia, senão se notava chamando por Salima, entre soluços seus e gemidos da terra.

Foi quando sentiu a suave mão tocando-lhe os ombros. Ergueu o rosto: alguém lhe limpava a febre. Ele primeiro resistiu. Depois, se abandonou, meninando-se em colo materno. Chamou:

— *Salima?*

Silêncio. Quem era aquela silhueta tão cheia de ternura? Com certeza, era Salima, aquele corpo de mulher, esguio e firme. Mas as mãos desta semelhavam mais idade, com rugas de numerosas tristezas.

Ela lhe trouxe para um abrigo, seria a sua velha cabana. No entanto, o lugar parecia ter outro silêncio, outra fragrância. Lá fora, os ventos se fatigavam. A tempestade se recolhia. Agora, as mãos lhe lavavam o rosto, amansando o sal.

— *Você, nem sei quem és...*

Um pente lhe alinhou os cabelos. No embalo, quase Maneca adormecia. Com um gesto de ombro ajudou a que se lhe vestisse uma camisa, roupa engomada.

— *Você, quem é, lhe peço: nunca use sua voz. Eu não quero ouvir nunca sua palavra.*

A identidade daquela mulher, no silêncio, se haveria de perder. Fossem de Salima aquelas mãos, fosse aquela a sua cabana: na ignorância ele haveria de aceitar-se. No mais, ele estava avisado da esperteza das mulheres para amansar os homens, converter-lhes em crianças, almas de insuficiente confiança.

Maneca assim foi retomando o tempo. Se deixava

tratar no consolo daquela anónima mulher. Ela cumpria seu pedido, jamais pronunciando nem suspiro que fosse.

Todas as tardes ele se ausentava, para os matos. Executava um clandestino serviço, sua única devoção. Até que, uma tarde, compareceu diante da emudecida companheira e disse:

— *Leva esses remos. Lá, na praia, está um barco que eu fiz para você sair na pesca.*

E prosseguiu: ela que saísse, baixasse seus mandos naquele barco. Nem se preocupasse consigo. Ele ficaria na beira-água, dedicado aos despojos do mar.

— *Faz conta ando a procurar esses meus olhos que perdi.*

Desde então, todas as infalíveis manhãs, se viu o pescador cego vagandeando pela praia, remexendo a espuma que o mar soletra na areia. Assim, em passos líquidos, ele aparentava buscar seu completo rosto, gerações e gerações de ondas.

O ex-futuro padre
e sua pré-viúva

A vida é uma teia tecendo a aranha. Que o bicho se acredite caçador em casa legítima pouco importa. No inverso instante, ele se torna cativo em alheia armadilha. Confirma-se nesta estória sucedida em virtuais e miúdas paragens.

Era o Benjamim Katikeze. Desde pequeno ele se dedicara a ausências, paralelo ao céu. Os outros brincavam, festejando os ínfimos nadas da infância. Só o Benjamim definhava na catequese, entre santos e incenso. Mesmo os pais, que lhe queriam composto e ordeiro, achavam que era por demasia.

— *Vai brincar, Ben. Aproveita ser criança.*

Mas o Benjamim, inaudiente, se desmeninava. O corpo madurava, idades além. As noites desfilavam e faziam-se côncavas para proveito de rapazes e raparigas. Só as mãos do mencionado se mantinham juntas, coladas, imaculadas. O Ben seguia mais alto que as almas.

Até que um dia apareceu Anabela, anabelíssima. Era uma rebuçada, capaz de publicar desejos nos mais pacatos olhos. Anabela apaixonou-se por Benjamim. O pobre nem com isso: ao contrário, mais ainda se internava em habilidades de kongolote. A menina enviou bilhetes, mensagens mais suspiradas que rabiscadas. Na presença dele, Anabela se desembrulhava. Mas sempre é assim: quando há o trecho, falta o apetrecho. E para mulher atiradiça, homem recatadiço. Ponha-se os iis nos pontos. Respective-se.

O bairro, nos enquantos, entretinha suas mil bocas com o romance desencontrado. No bar vizinho se comentava:

— *Mulheres? Quanto mais gingam o corpo mais fecham o coração.*

— *Eu sei o que ela quer: é taco, carteira gorda. Afinal, boa e de graça só mesmo a chuva.*

— *Não, não é caso de dinheiro. Se o próprio Henrique, mulato igual como ela, foi negado na proposta de anelamento.*

Dissessem. A verdade era só uma: Anabela, por todos desejada, queria-se só com Benjamim. Contudo, ele seguia seus votos, resumido. Queria entrar no Seminário, estudar padreologia. Na espera, o seu único empenho era a oração. Ben era bastante oractivo.

Os ataques de Anabela se fizeram mais cerrados. Parecia que quanto mais inviável mais ela nele se fincava. Ou quem sabe a vontade se nutre de impossíveis? Anabela passou a visitá-lo em horas desocultadas. Muitos lhe viram sair de casa do Benjamim suprarreptícia, atrevivida.

A rapariga parecia querer o escândalo. Mesmo ao pronunciar o nome dele, ela se deslizava: "Benjamim: beija a mim?". As gentes sussurravam. Até quando o rapaz se aguentaria, beato repelindo o ato?

— *Não aguenta. Algum homem é inoxidável?*

Mas as aparências são maiores que as sucedências. E o real espanto: a barriga da Anabela desatou a crescer. Anabela, a Anabela.

O pai dela, o respeitoso Juvenal, tomou então honrosas profilaxias. Afinal, todos sabiam: o Juvenal era um homem muito destremido. Esperavam-se as consequências. O dedo na campainha da casa de Benjamim anunciou a tempestade:

— *Senhor Benjamim?*

— *O próprio.*

— *Venho saber da data.*

— *Qual data?*

— *A data do casamento.*

— *Casamento? De quem?*

— *Do seu, senhor Benjamim. Do seu casamento com a minha filha Anabela.*

A mandioca já azedava. O Ben passava a estrangeiro em sua própria casa. Cidadão em apuros de sobrevivência, ainda malbuciou. Mas o outro:

— *É seminarista? E depois? Conheço-lhes: são os piores!*

O Juvenal, sogro em véspera de tomada de posse, não aceitava argumentiras: o nascente era indubitável, legítimo e incondicional. E, assim, o homem foi-se, deixando Benjamim à porta da noite. Estava-lhe o pensamento desmemoriado, sem palavra. Afinal, nenhuma tristeza pode ser explicada. Porque é ferida para além do corpo, dor para lá do sentimento. E a angústia do Benjamim era inundação cobrindo tudo. Ele se adivinhava sob a toalha do escuro, como se a vida e a morte lhe fossem simétricas. Só por causa de um engano, todo o seu sonho havia sido anulado. Já não seria padre, sua única aspiração. E teria que casar com alguém que só lhe inspirava aflição. Sem socorro terreno, Benjamim rezava com tanta fervura que todas as calças se romperam nos joelhos. Mesmo as do fato de casamento tiveram de ser costuradas.

Casaram-se irremediavelmente. Anabela e Benjamim e vice-versa. Com eles se matrimoniaram as famílias, cruzando-se nomes e destinos. E os dois passaram a entreviver-se, mútuas testemunhas de suas intimidades. O dia-a-noite era um impossível entendimento. Ele, virginoso, só dava ocupação às rótulas, nos sucessivos joelhamentos. Ela sempre querendo bailações, distratividades.

E, afinal, a grávida dela não se consumou. Não que houvesse aborto ou esvazamento. Nada não houve. Anabela desbarrigou-se por mistério. Benjamim não fez pergunta: melhor seria o ignorantismo. E, assim.

Anabela, entretanto, cansou de usar suas belezas sem que Ben exercesse másculas funções. Decidiu-se então a consultar o vizinho, um idoso enfermeiro reformado, de nome Bila.

— *Que passa, vizinhinha?*

Ela respondeu que era assunto muito interior, o vizinho convidou a que entrasse. Anabela ocupou escasso assento, embaraçada. Passou os olhos desconfiados pela sala:

— *Desculpa, senhor enfermeiro. Mas ainda não encontrei parede surda.*

O enfermeiro sorriu com beneficência, aquietando a moça. Ela que falasse à vontade: eram paredes da máxima confiança. Anabela confessou o motivo de suas infelicidades: o pseudo-Benjamim. O velho escutou palavras, lágrimas, suspiros. No fim, fez a síntese:

— *Quer dizer, ele maridou-lhe mas não exerce a soberania.*

Ela gostou do resumo mas já não concordou com próximo julgamento dele.

— *É uma coisa que se vê, Anabela. Vê-se que não é uma esposa completa. Você anda sempre cabisbaixinha.*

Ela fez um sinal tentando interromper mas o Bila prosseguiu: "Me admira, o Ben, tão cheio de corpo". E depois riu-se: "É como o saco de carvão, parece corpulento mas não se sustenta em pé".

— *Não é isso que o senhor pensa. Só gostava que o senhor ajudasse o pobre Ben.*

— *Desculpa, Anabela, mas não dá.*

Ele divulgou suas limitações: como enfermeiro nada sabia, como vizinho menos ainda podia.

— *Essas coisas não são competência de hospital.*

Bila levantou-se. Puxou de um lenço e limpou o rosto. Depois, foi à janela e espreitou para nada. Acomodou-se dentro do casaco antes de falar.

— *A cura desses males só encontra-se na tradição. Mas vocês, da cidade, já começam a negar...*

— *Eu não nego nada. O Ben é que nunca iria aceitar, por causa da religião.*

— *Mas, o quê? Amar a mulher respectiva é contra alguma religião?*

— *Não, mas isso de feitiço...*

— *Deixa o assunto comigo, Anabela. Eu convenço o Ben, já lhe conheço há muito tempo.*

O enfermeiro explicou os procedimentos: o marido em apuros começaria por se banhar numa água de raízes.

— *É para lavar o chissila dele?*

Anabela duvidou, queria os detalhes. Chissila? Sim, era a origem daquela má sorte do marido. As raízes lavariam o pobre Ben do mau-olhado. Depois, prosseguiu Bila, seguir-se-ia a vacina.

— *Então aí já entra o senhor enfermeiro, como tal.*

O vizinho negou. Era uma vacina tradicional, feita de poeiras do fogo, cinzas de osso de leão.

— *Leão? Onde se encontra leões num tempo destes?*

— *São leões antigos, coloniais. Qualidade garantida.*

Quem aplicaria a vacina seria uma velha feiticeira que ele conhecia, de artes capazes de inflamar de paixão um morro-de-muchém. Até cooperantes lhe iam consultar. A feiticeira, dizia o vizinho, era várias vezes internacional. Mas o Benjamim teria que se transferir, com alma e bagagem, para a residência da feiticeira.

— *Um curso de capacitação, como dizem por aí.*

O teste final de aprovação seria feito com a própria velha. Se o Benjamim ficasse apurado, nunca mais desperdiçaria oportunidade com a formosa Anabela.

— *Dormir com a velha, o meu Benjamim?*

Não havia alternativa, disse o enfermeiro. Feridas da boca curam-se com a própria saliva. Ela argumentou os seus receios:

— *Ouvi dizer que há homens que só conseguem com velhas, essas de idade avançadíssima. Com as jovens desconseguem.*

Anabela voltou a casa cheia de dúvidas. Um pesadelo a perseguiu muitas noites. Sonhava que, ao adormecer, virava velha, coberta de rugas e escamas. Ela envelhecia no imediato momento em que tombava no sono. O marido desconhecia essas mudanças, ora bela, ora monstro. Certa vez, porém, o sonho se desenrolou assim: depois de cumprirem amores ela adormeceu enquanto ele a contemplava com paixão. Então, perante os olhos dele se deu a espantosa transfiguração. A pele lisa se encarquilhou, o corpo fresco se antiquou. Ele ficou atónito, capaz de desexistir. Foi ao vizinho, consultou o Bila.

— *Preciso de que um feiticeiro anule o feitiço que pesa sobre Anabela.*

O Bila respondeu-lhe com uma pergunta: como sabia ele se Anabela não era, de facto, uma velha que se fazia jovem durante o dia?

— *E que diferença faz?*

— *Faz muita, Ben. Se a sua mulher for essa que você viu adormecida, então você ficará com uma velha rugosa para toda a vida.*

— *Mas eu quero desfazer o cushe-cushe.*

— *Está bem. Mas depois não diga que não lhe avisei.*

Ainda no sonho, Anabela se via a despertar numa manhã brumosa. Olhando-se ao espelho ela se descobria engelhada, parecia defunta arrependida. Sacudia o espelho até ver o seu rosto estilhaçar-se. Mas em cada pedaço de vidro ela se confirmava tresenrugada. Lavava-se com água tépida, alisava-se com cremes de ervas. Nada, as rugas teimavam, invencíveis. E quando tentava sair do quarto, as pernas, entorpecidas, lhe fugiam.

Anabela acordava do pesadelo, coberta de suores. Corria ao espelho para certificar o seu aspecto. O espelho devolvia-a lisa e polida. Ela suspirava no consolo da realidade.

Os maus sonhos continuaram mesmo depois de Benjamim ter partido para casa da feiticeira. Anabela não conseguia imaginar que argumentos teria usado o enfermeiro para convencer o marido. Mas, a verdade é que o Benjamim arrumou uma pequena mala e, sem dizer palavra, se ausentou. Ficou três semanas na cura. Anabela contou os dias nos dedos do desespero. Voltaria normal? Ou traria novos hábitos do convívio com a velha? Finalmente, ele chegou. Anabela ficou de olhos cheios, sem nada perguntar. Benjamim estava pálido, mais transtornado que retornado. Sentou-se na cama e olhou longamente a esposa. Ela interrogava aquela pose dele. Que alma estaria por detrás daquele homem?

Ficaram calados por um tempo. Ben fez um sinal para que ela se aproximasse. Anabela ergueu-se, sentindo já o vulcão do desejo lhe inundando. Ajoelhou-se em frente do marido:

— *É o quê, Ben?*

O braço dele vagueou, bêbado, perto dos seus seios. Ela sorriu, fez-se mais próxima. Benjamim murmurou qualquer coisa, parecia mais suspiro que palavra. O arrepio de uma mão invisível estremeceu a jovem esposa.

— *Eu quero* — disse ele.

Ela começou a desbotoar-se, parecia que o vestido tremia sob os dedos. Sentou-se mais junto dele, à espera. Um novo murmúrio escapou dos lábios de Benjamim:

— *Eu quero...*

— *Eu também.*

— *Eu quero água. Dá-me água, Anabela.*

Um fundo desânimo lhe percorreu a carne. Ficou parada, entre o descrédito e a frustração. No enquanto da sua demora, Benjamim se levantou bruscamente. Porém, antes de dar um passo, tonteou no ar e caiu pesadamente no chão com menos consistência que um tapete.

Levaram-no, deitaram-no, tentaram em vão despertá-lo. Mas o Benjamim mantinha-se para lá das pálpebras: respirareava. Anabela chorava o marido em estado vegetal, falando-lhe com doçura como se ele ainda a ouvisse. Passava as noites em claro, atenta ao ser deitado a seu lado.

Os tempos trespassaram. Uma noite, já a Lua se hasteara, Anabela adormeceu, vencida pelo cansaço. No meio do sono, contudo, ela sentiu um arrepio como se alguém lhe tocasse. Ficou imovente, esperante. Não havia dúvida: eram mãos em artifícios de ternura. Agora lhe envolviam a cintura e lhe enchiam de uma quentura que há muito desperdiçava em suspiros. Ela acelerou o sangue: quem seria o autor daquelas apetências? O Benjamim? Não, não podia ser ele. Se ele nunca ousara, mesmo antes do acidente. Então, ela se fingiu dormida e o anónimo amante se espelhou em seu corpo, mar e praia se entreencheram. De olhos sempre fechados, ela recebeu o intruso, esse gatuno da sua triste solidão. Por noites, se repetiu o encontro cego. De pálpebras descidas, ela recebia o estranho. Amavam-se em fúria mas em silêncio. Ela receava que o Benjamim despertasse e surpreendesse o desconhecido. E foram madrugadas cumpridas aos gemidos, suspiros fundos de quem perde o ser.

Até que um dia, o enfermeiro Bila, na sua visita diária ao enfermo, anunciou:

— *Benjamim já estremexe os dedos. Amanhã, acorda todo, completo.*

Foram palmas, risadas. Todos festejaram. Todos menos Anabela. A sua exdiferença foi notada pela sograria. A mãe, salvando aparências:

— *Coitada. Ela está tão gasta que já nem reage.*

A jovem esposa, realmente, assumira o rosto cínzeo das viúvas. E, ao acompanhar as visitas à porta, se via que ela continha o desabar de uma lágrima. O enfermeiro, preocupado, chamou-lhe à parte:

— *Que tens, Anabela? Não se sente boa?*

Ela não se devolveu. Baixou o rosto, rompeu-se o dique da sua íntima amargura. Aceitou o lenço e arrumou o aspecto. Corrigiu-se, a voz tremeluzindo:

— *Não pode deixar ele dormente mais uns dias? Só mais uns dias?*

O enfermeiro admirou-se, soerguendo a cabeça. Ela traduziu-se:

— *É que queria ficar mais um tempo com ele. Queria tanto, senhor enfermeiro.*

— *Com ele, quem?*

E, de novo, lágrimas. O vizinho, de perplexa anuência, mais padre que enfermeiro. Acreditando ter recebido a confissão de um desjuízo, tranquilizou a jovem esposa:

— *Está certo, minha filha. Eu entendo muito bem: você é tão bonita, tão pretendida. Como é que se podia guardar tantíssimo tempo?*

E dirigiram-se os dois para o quarto do vivibundo. Enquanto o enfermeiro preparava as seringas, ela se debruçou sobre o marido. Talvez só ele, o retirado Benjamim, tenha escutado o segredo que ela lhe entregou. Pelo menos, o enfermeiro surpreendeu qualquer coisa como um sorriso no canto da boca de Benjamim. E, sorrindo também ele, lhe injeccionou novas dormências.

Mulher de mim

O homem é o machado; a mulher é a enxada.
(Provérbio moçambicano)

Naquela noite, as horas me percorriam, insones ponteiros. Eu queria só me esquecer-me. Assim deitado, não sofria outra carência que não fosse, talvez, a morte. Não aquela, arrebatante e definitiva. A outra: a morte-estação, inverno subvertido por guerrilheiras florações.

O calor de dezembro me fazia desaparecer, atento só à extinção do gelo no copo. A pedrinha de gelo me semelhava, ambos nós transitórios, convertendo-nos na prévia matéria de que nos havíamos formado.

Nesse enquanto, ela entrou. Era uma mulher de olhos lisos que humedeciam o quarto. Vagueou por ali, parecia não acreditar em sua própria presença. Seus dedos passeavam pelos móveis, em distraído afeto. Quem sabe ela sonambulasse, aquela realidade lhe fosse muito fictícia? Eu queria avisar-lhe que estava enganada, que aquele não era seu competente endereço.

Mas o silêncio me alertou que ali estava a decorrer um destino, o cruzar das fatais providências. Então, ela se sentou na minha cama, ajeitou seu delicado lugar. Sem me olhar, começou de chorar.

Nem me guiei: já as minhas carícias se desenrolavam em seu colo. Ela se deitou, imitando a terra em estado de gestação. Seu corpo se me entreabria. Mais fôssemos, no seguinte, e chegaríamos a vias do facto. Mas, nos avanços, me tremurei. Vozes ocultas me seguravam: não, eu não podia ceder.

Mas a estranha me atentava, descendo do seu decote. Seu peito me espreitava, subornando meus intentos. As lendas antigas me avisavam: virá uma que acenderá a lua. Se resistires, merecerás o nome da gente guerreira, o povo de quem descendes. Nem eu bem decifrava a lendável mensagem. Certo era que ali, naquele quarto, se executava a prova de mim, o quanto valiam meus mandos.

Porém. Por artes da intrusa, eu desaparecia, intermitente, da existência. Me irrealizava. E quando me apelava, rumo à razão, nem sequer eu chegava a meu cérebro, o austero juiz. Por causa a voz dessa mulher: lembrava o murmurinho das fontes, a sedução do regresso a dantes quando não havia antes. Ela me queria meninar, conduzir-me às primitivas dormências. Avemente, se ninhou em meu peito. Procurava em mim espelho para o suave luar? Deixei-me, sem estatura. Aqueles círculos negros, seus olhos redondos de não terem fim, me surgiam como dois soluços, fossem partes de mim, saudosos, que me espreitassem.

Ela contou sua história, seus episódios. Variantes de verdade, me davam o doce gosto do fingimento. Me apetecia o infinito tal igual as crianças que sempre perguntam: e depois?

Mas a estranha notou em si uma ausência. Devia ir. Prometeu que regressava logo. Já, o mais tardar. No umbral da porta, soprou um beijo a modos de antiquíssima esposa. Saiu, penumbrou-se.

Não sei o quanto demorou. Talvez umas tantas noites. Ou escassos instantes. Nem sei. Porque adormeci, ansioso por me suprimir. Doeu-me acordar, malvorei-me. Nesse custo, entendi: acordar não é a simples passagem do sono para a vigília. É mais, um lentíssimo envelhecimento, cada despertar somando o cansaço da inteira humanidade. E concluí: a vida, ela toda, é um extenso nascimento.

Então, me recordei do antecedente sonho, sabendo da verdade que só ela em delírio se revela. Afinal: os mortos, os viventes e os seres que ainda esperam por nascer formam uma única tela. A fronteira entre seus territórios se resume frágil, movente. Nos sonhos todos nos encontramos num mesmo recinto, ali onde o tempo se despromove à omniausência. Nossos sonhos são senão visitas a essas vidas outras, passadas e futuras, conversa com nascituros e falecidos, na irrazoável língua que nos é comum.

Os vindouros, esses que aguardam por corpo, são quem mais devíamos temer. Porque deles sabemos o quase nada. Dos mortos ainda vamos recebendo recados, afeiçoamo-nos a suas familiares sombras. Mas o que não suspeitamos é quando a nossa alma se compõe desses outros, transvisíveis. Esses, os pré-nascidos, não nos perdoam o habitarmos o luminoso lado da existência. Eles congeminam as mais perversas expectâncias, seus poderes nos puxam para baixo. Pretendem que regressemos, teimando-nos em sua companhia.

O que invejam eles, os vindouros? Será o não terem nome, não respirarem a límpida luz? Ou, como eu, sentirão receio que alguém percorra as suas vidas antes deles? Duvidarão que essa antecipação os torne menos possíveis, como se gastos por um prévio original?

Pois eu, no instante, invejava as ambas categorias: os mortos, por se aparentarem à perfeição dos desertos; os nascituros, por disporem do inteiro futuro.

Sentado sobre lençóis engelhados, olhava a recente luz do dia, suas trôpegas poeirinhas luminosas. Pela janela me chegavam os sons do trânsito, a cidade satisfeita com suas rápidas desordens. Me veio a saudade, não das sobrenaturais crenças mas das outras, infranaturais, nossas calcaladas convicções animais. Não era a humana nostalgia que me assaltava. Porque a saudade dos homens é toda do presente, nasce do amor não cumprir, na hora, os seus deveres. Minha tristeza era outra: vinha de ter tocado aquela mulher. Me sentia com a despesa do arrependimento. Que infração eu cometera se o desejo despontara apenas na flor dos dedos?

Me levantei, procurando algum descuido. Mas aquele quarto me desprotegia, me orfanava. Porque, no visto das coisas, a gente vai transitando do útero para a casa, cada casa não sendo senão outra edição do ventre materno. Como um pássaro que sempre e sempre tecesse o ninho, o seu, para suas futuras nascenças e não das crias. Aquela mulher me lembrava que aquela casa, afinal, não me dava nenhum acolhimento.

Espreitei pela janela, vi a mulher chegando. Veio-me ao pensamento a suspeita, certeira, que ela não era mais que um desses seres vindouros, enviado para me retirar do reino dos viventes. Sua tentação era esta: levar-me ao exílio do mundo, emigrar-me para outra existência. Em troca eu lhe daria a carícia, em matéria de corpo, isso que apenas os viventes logram possuir.

Precisava pensar rápido: ela gozava a vantagem de não precisar de consultar a razão. Eu devia encontrar, súbito, a saída do momento. Me chegou por via de intuição: em qualquer lugar deveriam de existir os assassinos dos mortos, justiceiros dos pré-nascidos. O que eu precisava era convocar um desses matadores para suprimir não a vida mas a suspeição daquela mulher. Sendo a pergunta: onde encontraria um desses matadores, como instigar a sua repentina aparição?

Porque tudo urgia, ela vinha chegando, seus passos já superavam as escadas.

Que fazer, se nenhum tempo me restava? Matá-la eu, de corpo e sangue? Serviria só se ambos estivéssemos em sonho, coisa que eu não parecia. Ela era uma enviada, com encomendado serviço de me buscar, levar-me para onde tudo é ainda futurível.

Ela entrou, eu estremeci. A intrusa surgia agora com maior beleza, cada vez mais deusa, requerendo a total devoção de um crente. Me adveio um recurso, tábua que a onda traz. Lhe disse:

— *Te adivinho ainda pequena, ontem de antes. Recordas-te?*

Ela se afligiu, atingida. Por momentos, lhe faltou o peito, ela toda se inspirou. Os nascituros estão isentos de memória, seu primeiro choro está ainda por despontar. O medo dela me dava argúcia, eu me ajudava enquanto a via chegar-se ao espelho. A estranha se contemplou despindo, sorrindo na pétala de cada gesto.

Só finges, nem te vês, lhe disse, mais dono de mim. Ela desistiu de si mesma, veio até ao leito, me tocou. Chamou por meu nome, docemente. Passou o dedo por meus lábios.

— *Tu não entendes.*

Sorria com mágoa. Minhas frágeis habilidades lhe haviam feito ofensa. Contudo, me perdoava. O sereno sorriso lhe regressara.

— *Tranquila-te, eu não te venho buscar.*

O que vinha fazer, caso então? Porque tanto mais ela se senhorava mais eu me inquietava. A enviada prosseguiu:

— *Não percebes? Eu venho procurar lugar em ti.*

Explicou suas razões: só ela guardava a eterna gestação das fontes. Sem eu ser ela, eu me incompletava, feito só na arrogância das metades. Nela eu encontrava não mulher que fosse minha mas a mulher de mim, essa que, em diante, me acenderia em cada lua.

— *Me deixa nascer em ti.*

Fechei os olhos, em vagaroso apagar de mim. E assim deitado, todo eu, escutei meus passos que se afastavam. Não seguiam em solitária marcha mas junto de outros de feminino deslize, fossem horas que, nessa noite, me percorreram como insones ponteiros.

A lenda da noiva
e do forasteiro

Eis o meu segredo: já eu morri. Nem essa é a minha tristeza. Me custa é haver só uns que me acreditam: os mortos.

Era um lugar que ficava para além de todas viagens. Por ali só o vento passeava, aguamente. Naquele solitário chão há muito que o tempo envelhecera, avô de outroras.

Certa vez, porém, passou por ali um forasteiro. Era homem sem retrato nem versões. Se muito chegou, mais ficou. Todos receavam o medonhável intruso, o irreputado intromissionário. Nos olhos dele, em verdade, não aparecia nenhuma alma, parecia o cego espreitando fora das órbitas.

Quando as tardes se inclinavam, ele se aproximava da aldeia em busca de coisa que só ele sabia. Os aldeantes se perguntavam:

— *Mas esse homem: de onde veio, quem é o nome dele?*

Ninguém sabia. Ele aparecera sem notícia. Chegara em fevereiro, disso se lembravam. O mês já se molhava, de água plantada. O estranho trazia um cão, seus passos se uniam um a dois. Homem e bicho multipingavam. Foram atravessando a terra matopada mas quando mais iam menos se afastavam. Quando desapareceram, além-árvores, a chuva parou, em súbito desmaio. Todos entenderam, todos se inquietaram.

O estranho abrigara-se em ilegível distância. Aos poucos, ele se foi tornando assunto. E nas noites, sob o estalar das estrelas, as falas não variavam: o homem, o cão. Conversa de sombras, só para afastar silêncio. Todos avançavam versões, atribuindo razões ao intruso. Inventavam, sabia-se. Mas todos escutavam, crédulos.

Uns diziam ter surpreendido o estrangeiro dormindo.

— *Vimos-lhe enquanto sonecava.*

Os outros pediam os detalhes, fosse o medo uma fogueira sempre carente de mais lenha.

— *Vimos o quê? Vimos que a língua lhe saía fora da boca, passeava sozinha, longe do corpo.*

Os escutantes nem duvidavam. Já imaginavam a cuja língua vagandeando, húmida, cuspinhosa. Falava? Lambia, beijava? Ninguém podia confirmar. Nos rumores da noite, porém, todos em tudo viam obra da língua errante.

E sobre do cão? Junto ao desparadeiro do dono, o carnídeo nunca se afastava do chão. Só levantava quando o dono se achegava. Para os restantes, vultos que fossem, ele tinha os dentes prontos, profissionais.

Mas não ladrava: piava com a fala dos mochos! Não era parecença de voz, não. Era falas iguais, gémeas--gemidas. O cachorro ladrepiava. E assim, cão e dono, mútuos farejavam as manhãs. Que procuravam? Seria coisa, seria alguém? Nem muito se podia saber: todos afastavam, temedrosos, sempre que homem e bicho se vizinhavam. Muito-muito era por causa do cão: saía-lhe dos beiços uma baba verde-espumosa, de maldade consagrada. Tinham-lhe visto morder um cabritinho. O pobre bicho não demorou no mundo. Primeiro, desfizeram-se os cornos. Não tombaram, duplos e sólidos. Não. Desconsumiram-se, líquidos, entornados. Depois a cor do cabrito esfriou e os pelos deram-se por voar, penas de cinza ao vento. Despelado, menos constituído que uma nuvem, o ruminante recuou para dentro do corpo. E acabou-se vazado, poeira, farelo de bicho.

Todos condiziam: o cão voava. Assim se explicavam as piações. O animal se encorujava no cimo das árvores, a baba pingava queimando folhas e ramagens. O cuspo deitava fervura no chão, parindo fumos azulentos.

Os dias se descontavam na despesa da vida. O lugar seguia na sua descampada solistência. Começaram, então, os estranhos desaparecimentos. Os camponeses, um após outro, deixavam de constar. Parecia eram atirados num fundo abismo. O medo era motivo de muito enquanto, exclusivo das almas. À noite, no regaço da fogueira, se juntavam os sussurros. Os mais

velhos puxavam antigas maldições: nós somos amafengu, o povo esfomeado que procura serviço de viver, pobres que pedem a pobres. Este forasteiro é
lembrança dos tempos de perseguição.

— *Quem sabe ele é o Amangwane?*

Falavam do guerreiro zulu, autor de sangue e matanças. Um estremor agitou a assembleia. O passado:
alguém o enterra em suficiente fundura? As silhuetas
se tolhiam, em pinceladas de luz. Até que, em certa
fogueira, se ergueu Chimaliro, o caçador. Tinha o rosto severo, rugas sobrelinhadas. Mesmo antes de falar
ele administrou muito silêncio.

— *Eu vou dar morte a essa sombra.*

Foi como anunciar de cobra: desfez-se a roda, a
cascata de vozes se suspendeu. Chimaliro inchou no
peito a promessa de trazer a cabeça do dono mais a
pele do cão.

O caçador partiu, pingo em paisagem. Toda a aldeia se ajuntou para lhe garantir sorte, os tambores
tocaram enquanto ele se perdia na imensidão dos matos. Os dias passaram velozes, e o caçador sem regressar. As vozes seguiam a demora dos tempos:

— *Chimaliro já voltou?*

Nada, não voltara. Murima, mulher do caçador, se
fechava já em côncava viuvez. Certa manhã, Murima
saiu finalmente de sua casa. O estranho, porém: ela
trazia uma capulana amarrada nas costas. Dentro do
pano se entreviam as redonduras de um nascido. A
aldeia se interrogava: que criança ela podia trazer

consigo? Se nenhum filho não havia, então que corpinho nenecava Murima? Os olhos se compridavam, ávidos de explicação. Pelas fogueiras, os rumores enchiam as noites:

— *Aquele que ela traz nas costas não é nenhum bebé. É o próprio marido, o Chimaliro.*

Houve, primeiro, quem duvidasse. O caçador daquele tamanhozito? Sim, aconteceu por castigo. Quem mandou enfrentar o intruso? Maneira como sucedeu foi estória que ninguém viu mas que todos sabiam. Quando o caçador e a presa se entrefitaram, Chimaliro viu que as mãos lhe minguavam. Como fossem de tartaruga, pernas e braços entravam no vestuário. Sentiu uma quentura lhe subindo. Por dentro, os ossos escaldavam, derretendo. Chimaliro se encurtava, minimizado. Tentou fugir, desconseguiu. Já o chão lhe era muito enorme, a floresta sem-findava. Deampulou sem destino até a mulher lhe apanhar naquele estado de miniatura. Ela então lhe limpou os ranhos e lhe trouxe para casa.

O feitiço de Chimaliro deixara a esperança sem fôlego. Muitos se meteram pelo mato, tentando escapar do desespero. Em todos se renovava a lembrança do antigamente, as sofridas perseguições. O velho Nyalombe, então, convocou as gentes. Juntaram-se os sobreviventes para ouvir sua palavra.

— *Não há guerra que podemos ganhar com este inimigo.*

Ficasse a lição de Chimaliro, exemplo que coragem sem esperteza é simples ousadia. Este inimigo nos vai vazar, já estamos de viagem para o passado. E vaticinava: haveria de vir a noite mais longa, tão extensa que os viventes esqueceriam a cor das madrugadas. O escuro demoraria tanto que os galos enlouqueceriam e as estrelas tombariam de cansaço. A multidão já imaginava essa noite sem trégua. Nas árvores, se figuravam os pássaros, apinhados na espera da adiada madrugada. Tanto que arriscavam esquecer seus diurnos gorjeios. As flores indeferiam suas pétalas, no aguardo de si.

Os presentes se aconchegavam, o medo era o exclusivo mandador. Mas, no sereno repente, o velho Nyalombe esticou o braço:

— *Só ela nos pode salvar.*

Apontava a bela Jauharia. Os todos olhares se resumiam na jovem. O velho avançou entre os sentados e convidou Jauharia a erguer-se.

— *Tu vais encontrar esse estrangeiro, oferecerás a ele todo o amor que fores capaz.*

Foi um espanto carregado de rumores, sentidas condenações. Afinal, a menina não era noiva de Nyambi? Não se tinham eles consagrado com selo do lobolo? Os aldeões levantavam murmúrio em protesto contra o velho Nyalombe. Não, aquele não podia ser o preço da salvação: Nyambi e Jauharia era a mais única promessa, quase eles eram os últimos, restantes jovens. Os outros se tinham ido, vida afora. Ninguém soubera deles as mais notícias, fossem engolidos no grande vazio do mundo. Naqueles namorados estava a última semente da tribo. Oferecer Jauharia aos apetites do monstro? Mais valia o derradeiramento, a total incomparência.

— *E qual é a vontade tua?*

Nyalombe inquiria a bela menina. Mas ela desenrolava extensas lágrimas e apenas um levantar de ombro saiu do seu gesto. Seu noivo a embrulhou em seus braços e a levou dali.

Todos reconheceram a mágoa de Nyambi. E recordaram como, em sua adolescência, o jovem se indecidia. Pois ele se demorara de mais na aplicação de seu afeto. Parecia ter o coração num bocejo: seu desejo não parecia nem despontar. Os mais velhos se preocuparam: devia de ser chicuembo, maldição pesando sobre o rapaz. Fizeram a cerimónia para limpar a sua má sorte. Levaram Nyambi para o centro da aldeia, puseram um velho galo em cima da sua cabeça. Toda a noite o cocorico se equilibrou no redondo poleiro. Madrugada, foram espreitar: os esporões do galo se adentraram na carne do miúdo, o sangue escorria-lhe pelo peito. Enxotaram o bicho e ajudaram Nyambi a sair dali.

— *Agora, a má sorte terminou. Terás tantas mulheres quantas pode ter um galo.*

Fala do velho Nyalombe. Mas o jovem, em si, não queria muitas. Desejava apenas Jauharia, essa menina de olhos que amaciavam o mundo. Por motivo dela, as demais se tornavam nenhumas.

Os pais, no entanto, avisaram: essa menina é bonita de mais, seus modos pertencem a outra gente. Ele escolhesse uma sem aparência. Nyambi negava, fiel a sua paixão. A mãe sentou conversa com ele, no mais grave buscar de razões.

— *Motivo dessa mulher é ser de outra raça.*

— *Não é negra como nós...*

— *Isso é só por fora. Por dentro ela tem outra raça.*

A beleza, assim completa, constituía uma espécie própria, afastada. Ele que teimasse e suscitaria a irritação dos espíritos, esses que vigiavam pelo sossego da aldeia.

O jovem teimou. Passados meses já se cumpriam os mandamentos do namoro, enquanto os dois se faziam únicos. A família de Nyambi se resignou: afinal, naquele tempo, nem o rapaz tinha escolha. Jauharia era a última, solitária pretendensiável.

A menina mulherava-se, seios riscando a blusa. Nyambi perdia o desenho de si, na ardência da paixão:

— *Hoje vou viver muitos anos!*

Os dois amantes semelhavam dois rios na mesma corrente. Mas cumpriam o destino de todos rios que se esvaem em suas próprias águas. Pois Jauharia escondia uma funda tristeza, fosse a apetência de um outro viver. Gostaria ela de outro, já decorrido, ninguém? Teria ela saudades de um tempo que nunca houve? Dúvidas que jamais chegaram a nenhuma boca, nenhum ouvido.

Nyambi, agora, se interrogava: como podia ele perder sua noiva, entregá-la nos braços de um malfazedor? Nunca. Ele se preferia, meter-se-ia a guerreiro, faria frente ao intruso.

— *Nunca, não vais.*

— *Mas, Nyalombe, eu não posso deixar ela ir.*

O velho proverbiou: o homem é como o pato que, no próprio bico, experimenta a dureza das coisas. O jovem procederia a fatalidades, sem fruto nem vantagem. Aquele adversário não lidava com as vulgares armas. Só a beleza de um amor lhe apanharia de surpresa.

— *Mas se ela não voltar, a aldeia morre.*

— *As aldeias vão todas morrer, nesse mundo.*

O velho se acrescentou: não era a aldeia que merecia salvamento. Era a gente, a humana gente, essas criaturas que perfazem aldeias, famílias de aldeias.

— *Agora vai, Nyambi. E confia que Jauharia é forte, capaz de dobrar o estrangeiro.*

O jovem se retirou, coração fustigado, pisando os pés.

Ele então se dirigiu a casa de Jauharia. O escuro já alisava o mundo, a noiva estava no resguardo do caniço, sentada numa poça de lusco-fusco. O noivo saiu do escuro, pousou o braço sobre o ombro de Jauharia, mas ela se inalterou:

— *Não vale a pena, Nyambi. Eu vou, vou ter com ele.*

— *Mas Jauharia, você conhece...*

Com um aceno ela lhe ordenou silêncio. Queria escutar a aldeia, despedir-se dos sons. Ele deixou falir os braços, desistido. E quando, à despedida, olhou a noiva, lhe pareceu que ela transitara de rosto, estrangeira também ela.

O noivo foi o último a testemunhar-lhe. Em verdade, não houve mais luz certeira sobre o assunto. Bem que os olhos da aldeia se apuravam. Na escuridão, se esfumavam visões. Nem os ouvidos espreitavam nos cantos da quietude. E dessa mínima, duvidável atenção se discute ainda o desfecho de Jauharia.

Uns dizem que escutaram o cão piando e, depois, os gemidos da menina, a carne dela rasgando-se nos dentes da fera. Outros contam que ouviram tambores: era ela que dançava, descalça sobre um chão nunca visto, luaminoso. Enquanto dançava, o corpo dela se ia trocando em suor, ela se transpiexpirava. E quando ela era quase só água, o estrangeiro avançou em concha suas mãos e recolheu-a como se ela fosse, em pleno deserto, a última bebida do viajante. Outros ainda garantem que viram o estranho rumando os bosques. Só que, desta vez, ele não trazia um só, exclusivo cão. Dois bichos lhe roçavam as pernas, resgotejando babas.

De tudo ficava a conformidade da ausência: a noiva evadira-se, inédita. O noivo se tornara esperante, sentinela da solidão. Junto ao cercado de micaias que rodeava a aldeia ele muito se assentava. As lágrimas, em transparente descendência, destinam-se à vida se dar mais viva? As de Nyambi eram matéria-prima da vingança. O velho Nyalombe lhe prescrevia o ensinamento:

— *Vingança é habilidade dos fracos.*

— *Quem puxa vingança é a traição, Nyalombe.*

Fique o senhor contra a traição se quer evitar vingança.

Traição era o nome daquela indiferença, ninguém mais se importando com o destino de Jauharia. Pois ela se ofertara, generosa, para salvar os demais. Que gratidão merecia agora?

Desde que a bela Jauharia partira terminaram os desaparecimentos, anónimas matanças. O medo já quase se despedira da aldeia. Mas os camponeses ainda não se adentravam em suas machambas, agora vertidas em espontâneas verduras. Só o vento cumpria função de enxada, kulimando areias. Nyambi se decidiu: iria resgatar a sua amada, matar o usurpador mais seu cão. Assim daria seguimento à sua existência, no acerto do tempo com o sonho. Partiu, levando uma faca nervosa, de lâmina briguenta. Calcorreou por dias nos matagais, entre lianas que subiam como amarras sustendo as nuvens.

Por fim, encontrou o quadro da sua expectância. O estranho junto a uma fundíssima fenda do chão, puxando uma infinita corda no cabo da qual se prendia um balde. Nyambi nem reconheceu as redondezas. Se atirou ao forasteiro cravou-lhe o facalhão, vezes sem conta. Depois, com força que a si mesmo surpreendeu, levantou o corpo do outro e lançou-o no abismo. O intruso tombou nas fundas águas e, de logo, ribombou imensa estrondaria, pareciam trovões nascidos do ventre da terra. As paredes do buraco estremeceram, separam-se do corpo do chão e precipitaram-se no abismo. Instantes depois, nem vestígio havia da tal brecha. Nyambi escutou então as vozes dos aldeões desaparecidos, regressados dos muitos recantos. Saudavam Nyambi, seu gesto de coragem. O jovem recebeu os aplausos com despacho: ele queria saber de sua noiva, seu estado, seu paradeiro. Os outros evitaram resposta, seus rostos desceram, graves, sobre o peito. Morta, Jauharia? Nyambi se transtornou pelos matos, procurando sinais da sua amada. Vagueou, perdido, por dias e prantos. Desistido, procurou o endereço do túmulo do forasteiro.

Quando vislumbrou o sítio, lhe pareceu ouvir um lamento, o gotejar de uma tristeza. Nyambi se chegou: era Jauharia que chorava, junto à greta. Quando notou a presença do noivo a menina se encurvou, costas do princípio ao fim.

— *Eu já amava esse homem, Nyambi.*

Ele rodou a jovem, intrigado. Um rosno lhe alertou. Aos pés da noiva, o cão revogava suas ferocidades. A mão de Jauharia desceu sobre a besta, lhe alisou o pelo, ordenando sossego.

Ela falou, serena: o homem a quem ele dera morte era uma criatura de bondades maiores. Ele percorrera as terras, aprendera a imensidão. Nesse mundo ele vira quanto o tempo, em suas pressas, estraga a família do homem.

Então, a si ele se dera a missão: encontrar um lugar distante, ilha terrestre e proteger a solidão daquele sítio, pelejando a chegada do tempo. Esse era o encargo do forasteiro e ela tinha entendido quanto amor custava aquela incumbência, quanta ternura se ocultava em sua desumanidade.

— *Esta é a linha de fronteira, Nyambi. Agora escolhe: regressas à aldeia ou vais para o mundo?*

Nyambi abanou a cabeça, em jeito de sacudir alma. Ficou de olhar mendigo, a crer que ela ainda pudesse sair do feitiço em que tombara. Mas Jauharia se emudecera, apenas deitando carícias sobre a fera. Então, ele iniciou o regresso aos seus. Lá ao fundo, as pequenas casas já acendiam suas luzinhas. Sem que outro sonho lhe sobrasse, a aldeia se fabulava, à margem dos séculos, para além da última estrada.

Sidney Poitier na barbearia
de Firipe Beruberu

Império: em pé, rio a bandeiras despregadas.

A barbearia do Firipe Beruberu ficava debaixo da grande árvore, no bazar do Maquinino. O teto era a sombra da maçaniqueira. Paredes não havia: assim ventava mais fresco na cadeira onde Firipe sentava os clientes. Uma tabuleta no tronco mostrava o custo dos serviços. Estava escrito: "cada cabeça 7$50". Com o crescer da vida, Firipe emendou a inscrição: "cada cabeçada 20$00".

Na velha madeira balançava um espelho e, ao lado, amarelecia um cartaz de Elvis Presley. Sobre um caixote, junto ao banco das esperas, sacudia-se um rádio ao sabor do chimandjemandje.

O Firipe capinava as cabeças em voz alta. Conversa de barbeiro, isto-aquilo. Contudo, ele não gostava que a bula-bula amolecesse os fregueses. Quando alguém adormecia na cadeira, o Beruberu aplicava uma taxa no preço final. Até na tabuleta, em baixo dos escritos, acrescentou: "cabeçada com dormida — mais 5 escudos".

Mas na sombra generosa da maçaniqueira não havia zanga. O barbeiro distribuía boas disposições, dákámaus. Quem passeasse seus ouvidos por ali só ouvia conversa sorridente. Propaganda do serviço, Firipe não demorava:

— *Estou-vos a dizer: sou mestre dos barbeiros, eu. Podem andar aí, em toda a volta, procurar nos bairros: todos vão dizer que Firipe Beruberu é o maior.*

Alguns clientes toleravam, pacientes. Mas outros lhe provocavam, fingindo contrariar:

— *Boa propaganda, mesire Firipe.*

— *Chii, propaganda? Realidade! Se até cabelo fino de branco já cortei.*

— *O quê? Não diga que um branco já chegou nessa barbaria...*

— *Eu não disse que chegou aqui um branco. Disse que cortei cabelo dele. E cortei, palavra da minha honra.*

— *Explique lá, ó Firipe. Se o branco não chegou até aqui como é que lhe cortou?*

— *É que fui chamado lá na casa dele. Cortei dele, cortei dos filhos também. Razão que eles tinham vergonha de sentar aqui, nessa cadeira. Só mais nada.*

— *Desculpa, mesire. Mas esse não era branco-mezungo. Era um xikaka.*

Firipe fazia cantar a tesoura enquanto a mão esquerda puxava da carteira.

— *Uáá! Vocês? Sempre duvidam, desconfiam. Já mostro prova da verdade. Espera aí, onde é que...? Ah, está aqui.*

Com mil cuidados desembrulhava um postal colorido de Sidney Poitier.

— *Olhem essa foto. Estão a ver esse gajo? Apreciam o cabelo dele: foi cortado aqui, com essas minhas mãos. Tesourei-lhe sem saber qual era a importância do tipo. Só vi que falava inglês.*

Os fregueses faziam crescer as suas dúvidas. Firipe respondia:

— *Estou-vos a dizer: esse gajo trouxe a cabeça dele desde lááá, da América até aqui na minha barbaria...*

Enquanto falava ia olhando para a copa da árvore. Espreitava cautelas para se desviar dos frutos que caíam.

— *Merda dessas maçanicas! Só me suja a barbaria. Depois estão sempre aí os miúdos, tentarem apanhar essas maçãs-da-índia. Se vejo aqui um, desfaço-lhe com pontapés.*

— *Então, mesire Firipe? Não gosta as crianças?*

— *O quê? Se ainda outro dia um muana trouxe uma fisga e apontou a porcaria da árvore, objetivo de abater maçanica. A pedra chocou-se nas folhas, mbááá, caiu na cabeça do cliente. Resultado: em vez desse cliente cortar cabelo aqui, foi rapado lá no posto de socorro.*

Mudava cliente, repetia a conversa. Do bolso do mestre Firipe saía o velho postal do ator americano a dar verdade às suas glórias. Porém, o mais dificultoso era o Baba Afonso, um gordo de coração muito penteado que demorava a arrastar as partes traseiras. Afonso duvidava:

— *Esse homem esteve aqui? Desculpa, mesire. Não acredito nem tão-pouco.*

O barbeiro indignado, assentava as mãos nas ancas:

— *Não acredita? Se ele sentou nessa cadeira onde você está.*

— *Mas um homem rico como aquele, estrangeiro ainda para mais, havia de ir no salão dos brancos. Não sentava aqui, mesire. Nunca!*

O barbeiro fingia-se ofendido. A sua palavra não podia ser posta em dúvida. Ele então usava o seu derradeiro recurso:

— *Tem dúvida? Então vou apresentar testemunha. Vocês vão ver, esperem lá.*

E saía, deixando os clientes na expectativa. O Afonso era calmado pelos restantes.

— *Baba Afonso, não fique sério. Essa discussão é uma brincadeira, só mais nada.*

— *Não gosto que falem mentiras.*

— *Mas isso nem mentira não é. É propaganda. Faz conta a gente acredita, pronto.*

— *Para mim é mentira* — repetia o gordo Afonso.

— *Está certo, Baba. Mas é mentira que não aleija ninguém.*

O barbeiro não tinha ido longe. Afastara-se apenas uns tantos passos para conferenciar com um velho vendedor de folha de tabaco. Regressavam os dois, o Firipe e o velho:

— *Está aqui o velho Jaimão.*

E virando-se para o vendedor, Firipe ordenava:

— *Fala lá você, ó Jaimão.*

O velho tossia toda a rouquidão antes de confir-mar.

— *Sim. Na realmente, vi o homem da foto. Foi cortado o cabelo dele aqui. Sou custumunha.*

E choviam as perguntas dos clientes:

— *Mas você chegou a ouvir esse estrangeiro? Falava qual língua?*

— *Shingrese.*

— *E pagou com qual dinheiro?*

— *Com kóbiri.*

— *Mas qual, escudo?*

— *Não. Era dinheiro de fora.*

O barbeiro satisfeitava-se, peito em proa. De vez em quando, Jaimão ultrapassava o combinado e arriscava suas iniciativas:

— *Depois, esse homem foi no bazaro comprar coisas.*

— *Que coisas?*

— *Sabola, raranja, sabau. Comprou fódia, ta bém.*

O Baba Afonso saltava da cadeira, apontando com sua mão gorda:

— *Agora é que te apanhei: um homem desses não compra fódia. É história isso. Um tipo dessa categoria fuma tabaco de filtro. Jaimão, você só está a contar mentira, canganhiça, só mais nada.*

O Jaimão admirava-se com a súbita teima. Olhava, receoso, o barbeiro e ainda tentava um último argumento:

— *Uááá, não é mentira. Até me lembro: foi um sábudu.*

Depois, eram risos. Porque aquela não era batalha séria, a razão daquela dúvida era pouco mais que brincadeira.

O Firipe fingia-se amuado e aconselhava os duvidantes que escolhessem outra barbearia.

— *Pronto, não precisa zangar, nós acreditamos, aceitamos sua testemunha.*

E até o Baba Afonso se rendia, prolongando o jogo:

— *Com certeza até esse cantor, o Elvis Presley, também esteve aqui no Maquinino, cortar cabelo...*

Mas o Firipe Beruberu não trabalhava sozinho. Gaspar Vivito, um rapaz todo aleijado, ajudava nas limpezas. Varria as areias com cuidado para não poeirar. Sacudia, longe, os panos.

Firipe Beruberu sempre ordenava precauções com os cabelos cortados.

— *Enterra-lhes bem no fundo, Vivito. Não quero brincadeiras com o n'uantché-cuta.*

Referia-se a um passarinho que rouba cabelos de gente para fabricar o ninho. Diz a lenda que, na cabeça do proprietário lesado, já não volta a crescer mais nem um pelo. Firipe via no desleixo de Gaspar Vivito a causa de todas as baixas na clientela.

No entanto, muito não se podia pedir ao ajudante. Porque ele, completo, se anormalizara: as pernas bambas, marrabentavam a toda a hora. A cabeça pequenita coxeava sobre os ombros. Babava-se nas palavras, salivando nas vogais, cuspindo nas consoantes. E tro-

peçava quando tentava espantar as crianças que apa-
nhavam maçãzinhas-da-índia.

Ao fim da tarde, quando já restava só um cliente,
Firipe ordenava a Vivito que arrumasse as coisas. Essa
era a hora que chegavam as reclamações. Se o Vivito
não tinha jeito de ser gente, o Firipe se aplicava mais
nas piadas que nas artes de barbeirar.

— *Desculpe, mesire. Meu primo Salomão me mandou vir apresentar queixa da maneira como foi cortado o cabelo dele.*

— *Como foi cortado?*

— *É que não sobrou nem um pelo, ficou completamente depenado. A cabeça dele está descalça, até
brilha como se fosse um espelho.*

— *E não foi ele que pediu assim?*

— *Não. Ele agora até tem vergonha de sair. Foi
por isso me mandou a mim reclamar.*

O barbeiro recebia a queixa de bom humor. Fazia
soar a tesoura enquanto falava:

— *Olha pá: diz lá ele para deixar ficar assim. Careca, poupa nos pentes. Depois, se cortei de mais é
saguate.*

Rodava em volta da cadeira, afastava-se para apreciar os seus talentos.

— *Vá, vaza a cadeira, já terminou. Mas é melhor
olhar-se bem no espelho, senão depois ainda manda
o primo reclamar.*

O barbeiro sacudia a toalha, espalhando cabelos.
Invariavelmente, o cliente juntava os seus protestos
ao queixoso.

— Mas, mesire, o senhor me cortou quase tudo na frente. Já viu minha testa até onde vai?

— Uáá, isso na testa nem mexi. Fala com seu pai, sua mãe, se quer reclamar da forma da sua cabeça. Eu não tenho nenhuma culpa.

Os queixosos juntavam-se, lamentando a dupla carequice. Era o momento para o barbeiro filosofar sobre as desgraças capilares:

— Sabem o que faz uma pessoa ficar careca? É usar chapéu do outro. É isso que faz uma pessoa ficar careca. Eu, por exemplo, nem camisa que não conheço de onde vem, não uso. Quanto mais calças. Olha, meu cunhado comprou cueca em segunda mão, veja lá...

— Mas, mesire, não posso pagar esse corte.

— Nem precisa pagar. E tu, diz lá ao teu primo Salomão, para passar aqui amanhã: vou devolver matambira. Dinheiro, dinheiro...

E era assim: cliente descontente ganhava direito de não pagar. O Beruberu só cobrava satisfações. De manhã até ao anoitecer, o cansaço já lhe pesava nas pernas.

— Charra, desde manhã: tinc-tinc-tinc. Já é de mais! Viver custa, Gaspar Vivito.

E sentavam os dois. O mestre na cadeira, o ajudante no chão. Era o poente de mesire, hora de meditar suas tristezas.

— Vivito? Desconfio que você não anda a enterrar bem os cabelos. Parece que o passarinho n'uantché--cuta me está a roubar cliente.

O rapazito respondia só uns sons engasgados, defendia-se numa língua que era só dele.

— *Cala-te, Vivito. Vê lá se fizemos muitos dinheiros.*

Vivito agitava a caixa de madeira e dentro tilintavam as moedinhas. O riso espalhava-se no rosto de ambos.

— *Como cantam bem! Esta minha loja vai crescer, palavra da minha honra. Até estou a pensar montar um telefone aqui. Pode ser no futuro vou fechar ao público. Hein, Vivito? Dedicarmos só serviço de encomendas. Está ouvir, Vivito?*

O ajudante espreitava o patrão que se levantara. Firipe discursava em redor da cadeira, gozando os futuros. Depois o barbeiro encarava o aleijado e era como se o seu sonho quebrasse as asas e tombasse naquela areia escura.

— *Vivito: você agora devia perguntar: mas fechar como, se este lugar nem tem parede? Era assim que você devia falar, ó Gaspar Vivito.*

Mas não era acusação, a sua voz estava deitada por terra. E ele se aproximava de Vivito e deixava a sua mão suspirar sobre a cabeça bamboleante do rapaz.

— *Estou ver que você precisa cortar esse seu cabelo. Mas você não para com a cabeça quieta, sempre quetequê-quetequê.*

Aos custos, Gaspar lá subia para a cadeira e ajeitava o pano à volta do pescoço. O moço, aflito, apontava a escuridão à volta.

— *Ainda dá tempo de apanhar umas tesouradas. Agora vê se fica quietíssimo, para despacharmos.*

E os dois se retratavam, debaixo da grande árvore. Todas as sombras já tinham morrido àquela hora. Os morcegos riscavam o céu com seus gritos.

Era aquele o momento em que a vendedeira Rosinha passava por ali, de regresso a casa. Ela surgia e o barbeiro ficava suspenso, todo ele no olhar ansioso.

— *Viu aquela mulher, Vivito? Bonita, bonita até de mais. Costuma passar aqui, a essas horas. Às vezes penso se estas demoras não faço de propósito: arrastar o tempo até o momento dela passar.*

Só então o mesire se confessava triste, um outro Firipe surgia. Mas ele se confessava a ninguém: o Vivito calado, será que entendia a tristeza do barbeiro?

— *É, Vivito, estou cansado de viver sozinho. Faz tempo a minha mulher me abandonou. Sacana de gaja, deixou-me com outro. Mas esta profissão de barbeiro, também. Um gajo está aqui amarrado, nem pode sair dar uma espreitadela lá em casa, controlar a situação. Resultado é este.*

Ele então disfarçava a sua raiva. Subtraía da gente aquele peso e somava nos bichos. Apedrejava os ramos, tentando bater nos morcegos.

— *Porcaria de bichos! Não veem que isto é minha barbaria? Isto tem dono, propriedade de mestre Firipe Beruberu.*

E corriam os dois atrás de imaginários inimigos. Acabavam por se tropeçarem, sem jeito para se zangarem. E cansados, ofegavam um ligeiro riso, como se perdoassem ao mundo aquela ofensa.

Foi num dia. A barbearia continuava seu sonolento serviço, e essa manhã, como todas as outras, se sucediam as doces conversas. O Firipe explicava a tabuleta avisando a taxa de dormida.

— *Só paga os que adormecem na cadeira. Acon-*

tece muito-muito com esse gordo, o Baba Afonso. Começo a pôr toalha e logo ele começa a sonecar. Não gosto disso, eu. Não sou mulher de ninguém para adormecer cabeças. Isto é barbaria séria...

Foi então que apareceram dois estranhos. Só um entrou na sombra. Era um mulato, quase branco. As conversas desmaiaram ao peso do medo. O mulato se dirigiu ao barbeiro e ordenou que mostrasse os documentos.

— *Porquê, os documentos? Eu, Firipe Beruberu, sou duvidado?*

Um dos clientes aproximou-se de Firipe e segredou-lhe:

— *Firipe, é melhor você obedecer. Esse homem é o Pide.*

O barbeiro baixou-se sobre o caixote e retirou os documentos:

— *Estão aqui os meus plásticos.*

O homem passou em revista a carteira. Depois, amarrotou-a e atirou-a para o chão.

— *Falta uma coisa nesta carteira, ó barbeiro.*

— *Falta alguma coisa, como? Se todos os documentos já entreguei.*

— *Onde está a fotografia do estrangeiro?*

— *Estrangeiro?*

— *Sim, desse estrangeiro que você recebeu aqui na barbearia.*

O Firipe duvida primeiro, depois sorri. Entendera a confusão e prontificava-se a explicar:

— Mas, senhor agente, isso do estrangeiro é história que inventei, brincadeira...

O mulato empurra-o, fazendo-lhe calar.

— *Brincadeira, vamos ver. Nós sabemos muito bem que vêm subversivos da Tanzânia, da Zâmbia, de onde. Turras! Deve ser um desses que recebeste aqui.*

— *Mas receber, como? Eu não recebo ninguém, não mexo com política.*

O agente vai inspecionando o lugar, desouvindo. Para em frente da tabuleta e soletra em surdina:

— *Não recebes? Então explica lá o que é isto aqui: "cabeçada com dormida: mais 5 escudos". Explica lá o que é essa dormida...*

— *Isso é só por causa de alguns clientes que dormecem na cadeira.*

O polícia já cresce na sua fúria.

— *Dá-me a foto.*

O barbeiro retira o postal do bolso. O polícia interrompe o gesto, arrancando-lhe a fotografia com tal força que a rasga.

— *Este aqui também adormeceu na cadeira, hein?*

— *Mas esse nunca esteve aqui, juro. Fé-de-Cristo, senhor agente. Essa foto é do artista do cinema. Nunca viu nos filmes, desses dos americanos?*

— *Americanos, então? Está visto. Deve ser companheiro do outro, o tal Mondlane que veio da América. Então este também veio de lá?*

— *Mas esse não veio de nenhuma parte. Isso tudo é mentira, propaganda.*

— *Propaganda? Então deves ser tu o responsável da propaganda da organização...*

O agente sacode o barbeiro pela bata, os botões caem. Vivito tenta apanhá-los mas o mulato dá-lhe um pontapé.

— *Para trás, sacana. Ainda vai é tudo preso.*

O mulato chama o outro agente e fala-lhe ao ouvido. O outro parte pelo atalho e regressa, minutos depois, trazendo o velho Jaimão.

— *Já interrogámos este velho. Ele confirma que recebeste aqui o tal americano da fotografia.*

Firipe, de sorriso frouxo, quase nem tem força para se explicar.

— *Vê, senhor agente? Outra confusão. Eu que paguei ao Jaimão para ele servir de testemunha da minha mentira. Jaimão está combinado comigo.*

— *Está combinado, está.*

— *Ó Jaimão diz lá: não foi uma maneira que combinámos?*

O pobre velho, desentendido, rodava dentro do seu casaco esfarrapado.

— *Sim. Na realmente eu vi o cujo homem. Estava aqui, nessa cadeira.*

O agente empurrou o velho, amarrando os seus braços aos do barbeiro. Olhou em volta, com vistas de abutre magro. Enfrentava a pequena multidão que assistia a tudo silenciosamente. Deu um pontapé na cadeira, partiu o espelho, rasgou o cartaz. Foi então que Vivito se meteu, gritando. O aleijado segurou o braço do mulato mas cedo se desequilibrou, caindo de joelhos.

— *E este quem é? Que língua é que ele fala? Também é estrangeiro?*

— *Esse rapaz é meu ajudante.*

— *Ajudante? Então também vai dentro. Pronto, vamos embora! Tu, o velho e este macaco dançarino, tudo a andar à minha frente.*

— *Mas o Vivito...*

— *Cala-te barbeiro, já acabou o tempo das conversas. Vais ver que, lá na prisão, há um barbeiro especial para te cortar o cabelo a ti e aos teus amiguinhos.*

E, perante o espanto do bazar inteiro, Firipe Beruberu, vestido de sua imaculada bata, tesoura e pente no bolso esquerdo, seguiu o último caminho na areia do Maquinino. Atrás, com sua antiga dignidade, o velho Jaimão. Seguia-se-lhe o Vivito de passo bêbado. Fechando o cortejo, vinham os dois agentes, vaidosos da sua caçada. Calaram-se então os pequenos milandos do quanto custa, o mercado rendeu-se à mais funda melancolia.

Na semana seguinte, vieram dois cipaios. Arrancaram a tabuleta da barbearia. Mas, olhando o lugar, eles muito se admiraram: ninguém tinha tocado em nenhuma coisa. Ferramentas, toalhas, o rádio e até a caixa de trocos continuavam como foram deixados, à espera do regresso de Firipe Beruberu, mestre dos barbeiros do Maquinino.

Os mastros do Paralém

Só um mundo novo nós queremos: o que tenha tudo de novo e nada de mundo.

A chuva é carcereira, fechando a gente. Prisioneiros da chuva estavam Constante Bene e seus todos filhos, encerrados na cabana. Nunca tamanha água fora vista: a paisagem pingava há dezassete dias. Mal ensinada a nadar, a água magoava a terra. Sobre as telhas de zinco, se acotovelavam grossas gotas, grávidas de céu. Na encosta do monte, só as árvores teimavam, sem nunca se interromperem.

Sentado num canto da velha cabana, Constante Bene pesava o tamanho do tempo. Desde os princípios, era guarda na propriedade do colono, o xikaka Tavares. Morava entre laranjeiras, num lugar quase-quase fugido da terra. Ali, no cimo da montanha, o chão se comportava, direito e bom.

— *Aqui só as laranjas é que têm sede.*

Sede de pássaros, melhor diria Constante. Mas ele simplificava a vida. A seus dois filhos, Chiquinha e João Respectivo, ensinava os infinitos modos do sossego. Os meninos dele recebiam cuidados, muito órfãos que eram. Eles, sós, tratavam os assuntos da casa.

Chiquinha superava a idade, corpo adiantado. Já os peitos protestavam contra o aperto da blusa. O pai olhava com custo o seu crescer. Quanto mais ela se parecia mais a tristeza de Constante se afiava na lembrança da falecida.

O outro filho, João Respectivo, se mantinha pequeno, alheio ao tempo. Todos estranhavam seu nome. Respectivo? Mas aquele nome aconteceu-se, sem ordem da vontade. Levara o menino à vila para lhe dar registo. Na repartição se apresentou de intenção civilizada:

— *Quero registar essa criança.*

E o funcionário, em vagarosa competência:

— *Trouxe o respectivo?*

— *Não senhor. Só trouxe o meu filho.*

— *É isso mesmo, o seu respectivo filho.*

Pensou Constante Bene que outro nome estava a ser acrescentado à criança. E assim ficou de ser chamado o menino, nascido da morte de sua mãe. No curso do tempo, ele foi entrando no mundo guiado por uma só mão, na metade desigual de ser órfão.

O guarda olhava as cimeiras partes do mundo, os ombros da terra, imóveis como os séculos. No enquanto, ele pensava: o mundo é grande, mais completo que coisa cheia. O homem se credita muito enorme, quase tocando os céus. Mas onde ele chega é só por empréstimo de tamanho, sua altura se fazendo por dívida com a altitude.

Porque não se conformam as gentes, tais quais? Porque se afrontam na arrogância de sempre vencer? Constante Bene temia as sanções do mais querer. Por isso, ele proibia os filhos de espreitarem para lá da montanha.

— *Nunca, sequer.*

Estava o dito pelo interdito. Falava-se muita lenda da outra encosta do monte. Parece nessoutro lugar nunca os colonos haviam pisado. Quem sabe lá a terra restava com suas cores indígenas, seu perfume de outroras? Quem sabe aquelas paragens fossem propensas apenas à felicidade?

Esse lugar: Bene chamava-lhe o Paralém. Muitas vezes, no cansaço da noite, rondavam pela cabana seus secretos chamamentos. O guarda soltava seus sonhos, tais que ele nem a si mesmo confiava o relato.

Uma madrugada, ele se valentou, saindo rumo às escarpas. Subiu os penedios, chegou ao cume. Sentiu o remorso, ele se transgredia. Se desculpou:

— *Hoje é hoje.*

Então, espreitou para a vertente proibida. Um cacimbo almofadava o luar, se espalhava como claridade que embrulha a nudez de uma mulher. A neblina era tanta que a terra devia dispensar a chuva. Deixou-se ficar ali, sentado. Até que um mocho lhe trouxe o aviso. Aquela beleza era como o fogo: longe não se via, perto queimava. E voltou à cabana.

Agora, no dezassétimo dia das chuvas, Bene sentia o suspiro da tarde. A luz estava já cansada de subir quando as folhagens espiaram o sinal. O cachimbo do velho ficou suspenso, vagou-se o instante.

Foi quando viram o mulato. Era um vindo do longe, da ultraterra. Caminhava embrulhado no rosto, todo em baixo da chuva. Trazia um saco sobreposto nas costas. Passou pela cabana, alheio à curiosidade dos três. João Respectivo foi ao caminho e espreitou. Confirmou o mulato escalando as alturas, desaparecendo entre as rochas mais subidas.

Que homem seria, de onde viera? Mesmo calados, os três se perguntavam. Mágoa de amor, adivinhava Chiquinha. Um caçador de leopardo, suspeitava João.

— *Esse homem não é pessoa de ser* — sentenciou o pai.

Os meninos defenderam o intruso, alegando sua inocência. Precisavam de alguém que acontecesse, um susto naquele mundo tão sem febre. Mas Bene repetia:

— *Aquele homem é um fugista. Se não fosse era um fugista, ele havia de parar aqui, receber os acolhimentos.*

E avançou a ameaça: lhe competia saber a versão do aparecista. Afinal, era esse o seu serviço. Os filhos lhe pediram, aquele misto não podia merecer as imediatas suspeitas.

— *Pois eu lhe ponho muita desconfiança. É um mulato. Vocês não conhecem as manias dessa gente.*

— *Mas esse homem passou, sequer não entrou na machamba.*

O pai considerou: Joãozinho até que estava certo.

O estranho parecia destinado a subir, lá onde os homens não escrevem pegadas.

— *Tem razão, filho. Mas ele que não se chegue perto.*

Depois das chuvas, os filhos saíram a procurar o estrangeiro. Espreitaram os lugares, entre as pedras do cume. Encontraram-lhe na última altura, na boca de uma gruta. Olharam como que fazia: o mulato já descobrira o sítio de morar. Parecia ter fome de habitar a terra, no meio daquele cheiro todo verde. Vivia perto do chão, rasteiro como os bichos. Só fogueira e manta compunham seu cansaço. João e Chiquinha espreitavam longe, sem coragem de se mostrarem.

Em casa, o pai repreendia aquelas espreitações:

— *Não vão muito lá. Sempre eu vos aviso: o lume acende de ser soprado.*

Mas no fundo, Constante gostava de saber as novidades. Inquiria sobre as coisas vistas. Os filhos devolviam palavras soltas, pedaços de um retrato rasgado. Depois, o pai insistia: que não fossem muito lá, talvez era um louco perigoso. Sobretudo, era um mulato. E se explanava: o misto não é sim, nem não. É um talvez. Branco, se lhe convém. Negro, se lhe interessa. E, depois, como esquecer a vergonha que eles trazem de sua mãe? Chiquinha intercedia: não seriam os todos. Haveria, por certo, os bons tanto como os maus.

— *São vocês que não sabem. Não vão lá, acabou-se.*

Por tempos, os filhos obedeceram. A menina, porém. Mais que às vezes, ela retomava a subida, fingindo ir à lenha. O velho pai, olhando as demoras, suspeitava de desobediência. Mas ficava calado, à espera do destino.

Uma noite, já o xipefo se consumia, Chiquinha foi surpreendida ao entrar. O pai:

— *Estiveste onde?*

— *Fui lá, papá. Não posso mentir.*

Constante Bene mastigou a ofensa, meditou o castigo. Mas essa filha já está do corpo da falecida, pensou. E amoleceu.

— *Sabe, Chiquinha: quem proíbe o mel é a própria abelha. Entende o que estou-te a dizer?*

Ela acenou com a cabeça. Seguiu-se uma vagarosa espera. Bene soprou a chama, convidando o escuro. Invisíveis, os dois se fitavam melhor. O pai, então, perguntou:

— *Alguma coisa ele falou?*

— *Sim, falou.*

— *Afinal? E esse misto disse o quê?*

Chiquinha permaneceu como se nada tivesse ouvido. O pai aguardando na esquina da curiosidade. Mas um homem velho, por respeito devido, não pode demorar de ser respondido.

— *Ouça, filha: não ouviste que te perguntei?*

— *É que nem me lembro o que esse homem falou.*

O pai calou-se. Deu um balanço na cadeira, ajudando-se a levantar. Fechava a janela quando, de novo, inquiriu:

— *Chegaste de saber se existem outros lugares, lá no mundo?*

— *Parece que existem.*

O velho abanou os ombros, desacreditando. Deu uma volta na sala, tropeçando em barulhos. A filha quis saber por que razão ele não acendia a lamparina.

— *Para mim já chegou a noite.*

Chiquinha ajeitou a capulana no arco dos ombros. Depois, sentou-se, só sendo. Adormeceram. Mas fizeram-no de alma descoberta, o que convida os maus sonhos.

Naquele pesadelo, o guarda se sentiu derradeiro. Assim ele viu: o mulato era um mussodja e caminhava, por entre o pomar, com sua farda guerrilheira. Mas, de espanto: ele tocava as laranjas e elas se acendiam, em chamas redondas. O laranjal parecia era uma plantação de xipefos. Sobre o barulhar das folhagens, se escutavam cantos:

Iripo, iripo
Ngondo iripo

De repente, eis: o Tavares. Furioso, canhangulo nas mãos. Disparava contra onde? Contra o chão, contra as árvores, contra a montanha. O colono gritou-lhe:

— *E você, Constante, é guarda de quê? Apanha essas laranjas, antes que arda tudo.*

Constante hesitou. Mas o cano da espingarda, virado em seu peito, lhe fez obeditoso. Árvore ante árvore, ele foi colhendo ardências até seus dedos virarem uma dezena de chamas. O velho acordou aos berros. Queimavam-lhe as mãos. A filha encharcou-lhe os braços de generosa água. Aliviado, ele ocupou a cadeira, preparando-se para acender o cachimbo.

— *Não, pai. Não mexe mais no fogo, deixa que eu acendo.*

— *Minha filha, agora te peço uma ordem: não sobe o monte, nunca mais.*

Chiquinha prometeu, mas de falsa convicção. Porque, desde esse dia, ela prosseguiu as demoras. O pai nada comentava: sofria sozinho as dores do presságio.

Certa vez, em esperado imprevisto, Chiquinha se apresentou muito de pé, mãos cruzadas sobre o ventre.

— *Estou de grávida, pai.*

Constante Bene sentiu a alma tombar nos pés. Chiquinha, ainda tão filha, como podia já ser mãe? Que justiça é essa, meu Santo Deus, como é uma menina-órfã pode ser mãe de criança sem o devido pai? Era urgente encontrar aquele progenitor sem aspecto.

— *Foi ele?*

— *Juro, pai. Não foi esse.*

— *Então, quem é o dono da grávida?*

— *Não posso dizer.*

— *Olha, filha: é melhor falar. Quem te subiu?*

— *Pai, me deixa assim.*

A menina sentou-se para melhor chorar. Constante pensou em bater, arrancar a verdade. Mas do corpo de Chiquinha se foi aumentando a lembrança da falecida mãe e seu braço deixou-se, vencido. O velho regressou ao quarto, acendeu o cachimbo e, pela janela, fumou a inteira paisagem.

Os meses foram passando com muita largura. A barriga de Chiquinha luava, de desenho cheio. Em junho se deu o parto, assistido pelas velhas mulheres das redondezas. Constante não estava, na ocasião. Saíra em suas rondas pela machamba. Quando voltou à cabana, já as parteiras preparavam a refeição. Primeiro, ele sentiu o fumo do cheiro. Depois, o choro de um bebé. Sorriu, lembrando o ditado: onde vires o fumo, aí estão os homens; onde choram os bebés, aí estão as mulheres. Agora, se confusionavam os ditos. Parou à entrada, de coração salteando. Um choro naquele lugar! Só podia ser! Queria saber de Chiquinha, lhe apetecia entrar correndo. Mas havia muito orgulho impedindo-lhe de ser avô.

— *Esse bebé nasceu demais* — confessou dentro da sua voz.

Entrou. Espreitou ruídos e sombras. Todas se calaram, tensas. Mais que as outras, se suspendeu Chiquinha com o embrulho da vida em seus braços.

O pai arrumou-se em seu canto, distante. João Respectivo foi quem estreou palavras:

— *Pai, já viu que nasceu? Um menino tão muito gordo.*

Os olhos de Chiquinha ansiavam resposta do pai. Ela fez um gesto quase arrependido de mostrar a criança mas corrigiu-se. As mulheres foram saindo. No lugar, agora se cabia pouco.

* * *

Passaram dias cheios de tempo sem que Constante se aceitasse avô. A menina muitas vezes se demorava perto do pai, susperando a bênção. Surdinava canções de embalar, as mesmas que aprendera dele. Cantava mais para embalo do pai que da criança. Mas Constante Bene se esquivava, turvando-se aos olhares da filha.

Uma noite, quando todos já dormiam, uma luz tremente atravessou o quarto. Foi-se chegando à cama de Chiquinha e ali permaneceu, farolitando. Tocada pela claridade, Chica despertou e viu seu pai com o candeeiro na mão. Constante desculpou-se:

— *Essa sua criança estava a chorar. Vim ver.*

Chiquinha sorriu: mentira dele. Se o bebé tivesse chorado, ela teria ouvido, primeira que todos. João, mais tarde, confirmou: o velho vinha todas noites, através do escuro, espreitar o berço. Chica nem cabia em si. Abraçou seu pequeno filho em suavíssima felicidade.

No dia seguinte, manhã já elevada, o guarda matabichava. Mastigava sobras da noite, estalando a língua entre os dentes.

— *Ouça lá, ó Chica: esse seu filho não é muitíssimo claro?*

— *Os bebés são assim, pai. Só depois ficam escuros. Não lembra o João?*

— *Isso é no princípio, antes de chegar a raça. Mas esse aí: já passaram tantos dias, é tempo de ficar da cor.*

Chiquinha encolheu os ombros, não sabendo. Descascou uma batata-doce e soprou nos dedos, sobrequentes. O seu filho, agora, já era neto. Dali para a frente, não seria ela sozinha a segurar na vida do menino.

Assim se iniciou um novo sentimento na cabana. Mesmo o Bene parecia mais novo, cantarolando, trautecelão. Chiquinha premiava o pai com refeições mais demoradas de paladar. Joãozinho se entregava a infantasias, correndo os atalhos dos bichos.

Constante não o requeria, respeitando suas meninices. Antes ele brincava com o filho do patrão. Os miúdos, no arco dos risos, desconheciam a fronteira de suas raças. Bene se agradava, vendo assim Respectivinho recebendo cuidados de empréstimo.

— *Ao menos, ele lá ganha comida.*

Desde a chegada do mulato, contudo, o menino se desviara para mais altas paragens.

Certa vez, preocupado pela tardeza do filho, Bene saiu pelo monte, rumou as solidões por onde João se venturava. Junto ao poço, ele chamou pelo filho. Mas quem saiu dos arbustedos foi Laura, a mulher do lenhador. Ela, lata de água à cabeça, como não sentisse o peso. No embalo dos ombros, alguma aguinha tombava, molhando as costas, os braços, os seios.

— *Constante, você é guarda, devia olhar a sua vida.*

— *E porquê, só por causa sou viúvo?*

Bene pensava que Laura lhe queria desamarrar a

viuvez. Olhou a mulher com muitos olhos, adivinhando-lhe o corpo debaixo da capulana. Tentou conversa doce. Mas ela desviou as falas:

— *Não sabe todos dizem sobre da sua filha, maneira como ela apanhou grávida?*

Ela repetiu-lhe as dicências: a menina fora vista, ninguém não sabe por quem, junto às alturas. E o incontável: um homem lhe forçara, cambalhotando nela. Constante roeu pragas, sua voz se esfriou:

— *Esse homem era preto?*

— *Não, dizem não era.*

— *Já sei quem é esse satanhoca. Aliás, sempre eu já sabia.*

Sem despedir, retomou o caminho de regresso. Não entrou em casa. De um caixote do quintal tirou uma catana. Passou-a pelos dedos, num pensamento de lâmina.

Depois, sem pressa, subiu a montanha. Nos cumes, procurou o mulato. Encontrou-lhe debruçado na fogueira, reparando uma avaria do fogo. Constante não escondeu intenção, arma pendurada, às vistas.

— *Venho te matar.*

O intruso não mostrou susto. Só os olhos, de bicho emboscado, procuraram saída. Sua garganta escassa:

— *Foi o teu patrão que te mandou?*

Constante desconheceu a pergunta. Por certo, o outro lhe queria distrair. Hesitou, vacilento. Vingador sem carreira, pedia ajuda ao ódio. Rezou para dentro:

meu Deus, como eu nem sei matar! Só um instante, Te peço, dá-me a certeza nesta minha mão.

— *Porque me odeias tanto?*

De novo, o outro lhe desviava os intentos; o guarda indagou:

— *Diz-me: vens de lá, do Paralém?*

— *De onde?*

— *De lá, do outro lado do monte?*

— *Sim, venho.*

— *E lá se levantou já a nova bandeira?*

O intruso sorriu, quase em condolentidão. Bandeira? Era isso que lhe interessava, saber de um pano, suas cores?

— *Respondes assim porque és mulato. E os mulatos não têm bandeira.*

O outro riu, desdenhoso. Aquele riso, pensou Bene, era o sinal de Deus. A catana rebrilhou nos ares, zun--zun-zun, cravou-se no corpo do estranho. Gementio, ele caiu-lhe por cima. Agarrou-se, liana desesperada. Dançaram os dois, pisando a fogueira. Nem Bene sentia como seus pés nus se enchameavam. Mais um golpe e o intruso enroscou-se no chão, em estado de pangolim.

O guarda acocorou-se ao lado da vítima e, com as mãos, avaliou a sua morte. Sentiu o sangue engomar--lhe o gesto. Parecia os dedos, viscosos, lhe apontavam culpas. Sentou-se no chão, cansado. De onde vinha tantíssima fadiga? De matar? Não. Aquele fundo desalento lhe vinha dos pés, brasados na fogueira. Só agora lhes sentia, as chagas.

Tentou erguer-se: desconseguiu. Os passos mal

podiam tocar o chão. Fixou as luzinhas, lá no vale. Aquela era uma inviável distância, um impossível regresso.

Arrastou-se até ao sacudu do mulato. Tirou um cantil e bebeu. Depois, vazou a mochila: caíram papéis sob a luz da fogueira. Pegou em folhas soltas, vagarinho, decifrou as letras. Estavam escritos sonhos lindos, promessas de um tempo fortunado. Escola, hospital, casa: tudo, de abundância, para todos. Seu peito se apressava, amotinado. Voltou a sacudir a mochila. Tinha que estar, fosse amarrotada num canto, havia de constar.

Foi então que, como onda de prata, a bandeira tombou do saco. Parecia imensa, maior que universo. Bene se deslumbrava, nem ele se cria um dia chegar a tal visão.

Lembrou, entretanto, as penas daquele tempo: o mastro da administração. Ali sua lembrança se joelhava, o chamboco do cipaio, "passa sem fazer poeira, seu merdas, não suja a bandeira". E ele, de pés rasteiros, carregando seus filhos, sem levantar passo. O patrão, no passeio, simulava seguir outras atenções. Pode a pessoa assim tanto se desalmar?

Mas, agora, aquela nova bandeira não parecia estar sujeita a nenhuma poeira, fosse feita da própria terra. As cores do pano lhe povoavam o sonho.

Acordou por mão de seu filho, o Respectivo. Olhou em volta, procurou o corpo do mulato. Nada, não havia corpo.

— *Lhe enterraste, João?*

— *Não, pai. Ele fugiu.*

— *Fugiu? Não pode. Se eu lhe matei!*

— *Só estava ferido, pai.*

Duvideiro, o guarda sacudiu a cabeça. Ele garantira o devido falecimento do outro. Seria obra de xicuembo?

— *Estava vivo, com certeza. Eu mesmo lhe ajudei a descer o monte.*

Furioso, o guarda bateu no miúdo. Como é que podia? Ajudar um gajo que abusara dos respeitos de Chiquinha, dele, da família?

— *Não foi ele, pai.*

— *Não foi? Então quem deu grávida a sua irmã?*

— *Foi o patrão, o mezungo.*

Constante nem se deu licença de escutar. O mulato montara a cabeça daquelas crianças, se havia tornado sua única crença.

— *Esse misto, fidaputa, é um Pide. Encontrei o saco de um mussodja, lá na gruta. Pensa são coisas dele, alguma vez? É um Pide, um Pide que abusou na sua irmã, roubou o sacudu de um guerrilheiro.*

— *Foi o patrão.*

— *Olha, João, não repete isso maistravez.*

— *Foi, pai. Eu vi.*

— *Jura?*

O menino se assegurava, em convictas lágrimas. Bene respirava aos quases. O tamanho daquela verdade não cabia em si. Doeram-lhe mais os pés, o sangue ensonado sobre as feridas. Já as moscas zunzuniam, desprestigiando o sagrado líquido. Com os dedos espremeu um torrão de areia. A terra se submetia, esfarinhada. Aquela obediência entre os dedos lhe foi trazendo, devagarmente, o respirar sereno dos decididos.

— *Não chora mais, filho. Olha isso que eu tirei do saco.*

E estendeu a bandeira. João pestanejava, em fraco entender. Uma bandeira, só dali o velho punha tanto alvoroço?

— *Embrulha a bandeira com máximo cuidado, dentro do saco. Carrega o sacudu, vamos embora, ajuda o seu pai.*

João lhe ofereceu os ombros. O velho se encavalitou no menino, à maneira da infância. Gracejou:

— *Trocamos: eu sou filho, você o pai.*

E riram-se, ambos. O velho, oblíquo, se admirava da força do menino: ele nem pausava para retocar o fôlego.

— *Prontos, filho: o tudo já é muito. Desjunta seu corpo, quero descer-te.*

Estavam perto da casa. Sentaram-se na sombra de uma grande mangueira.

João soltou-se às falas, anunciando futuros:

— *Essa conversa é perigosa, meu filho.*

Mas o Joãozinho se destemia, repetia ensinamentos do mulato. Aquela terra só convinha a seus filhos devidos, cansada de sangrar riqueza para os estrangeiros.

— *O Tavares...*

— *Deixa lá o patrão quieto.*

— *O pai não pode ficar sempre no serviço de*

guardagem, guardar essa terra faz conta ela não foi-
-nos roubada pelos colonos.

O pai já subira às fúrias. O miúdo que se calasse, aquilo era só falar por boca de outros. O velho ordenou que mantivessem caminho. João fez menção de ajudar o pai mas este recusou:

— *Não preciso. Caso senão ainda você aumenta mais suas espertezas.*

Coxearam no trilho. Constante, agora, se apoiava num pau reclamando em desfile de resmungos. Ao menos, o pau não sofre de ideias nem vaidades. Leva-me, só mais nada. Ai, os homens... Prefiro as coisas, sempre não tenho zanga com elas.

No riacho, depois de um fresquinho, ele mudou o tom:

— *Escuta, João. Eu sempre penso esta dúvida: agora sou criado do colono. Depois será o quê?*

— *Depois será a liberdade, pai.*

— *Tolice, filho. Depois, seremos criados deles, desses mussodja. Tu não conhece a vida, meu filho. Essa gente de tiros, no fim da guerra, já não aguenta fazer mais outra coisa. A enxada deles é o espera-pouco.*

O menino tinha os olhos curvados, negando as circunstâncias. Então, porque o pai esperava tanto a nova bandeira? Porque aplicava em sonhar com o outro lado, o Paralém?

— *É só um sonho que eu gosto.*

Respectivo já não levantava argumento. Apenas

sua adolescência se opunha que tão claro sol estivesse condenado ao sumário poente.

— *Não se engana, filho: amanhã será o mesmo dia.*

Se aproximaram da casa, notaram vozearias. Apuraram ouvido: era o colono que gritava dentro da cabana. Constante, esquecido do coxear, entrou. O patrão, embaraçado, perdeu as rédeas de si. Mas logo se refez, inchando os ombros, alargando a pele:

— *Que é isso que tens nos pés? Tens as patas cheias de sangue.*

O velho guarda não respondeu. Arrastou-se até enfrentar o patrão. Só então ele notou como era mais alto: ao xikaka lhe faltavam calcanhares. Acendeu, em vagares, o cachimbo. Tavares recebeu o fumo da afronta:

— *Não queres dizer como fizeste isso? Pois eu te digo o que é: manha de preto. Mas fica sabendo que não levas nem um dia de dispensa. Hoje mesmo te quero a fazer ronda na propriedade.*

Impassível, Bene, parecia nem ouvir. O patrão se chegou mais perto, em jeito de segredo. Andava por ali caça grossa, um turra. O administrador alertara os machambeiros sobre de um mulato, perigoso escapafúrdio.

— *Abre-me esses olhos, Bene. Fungula masso...*

— *Não fala assim... patrão.*

— *Ora que esta?! E porque não, me dirá Sua Excelência?*

— *Esse nem é seu dialeto.*

Tavares riu-se, preferindo o desprezo. Concedeu

as despedidas. Antes de fechar a porta, porém, se dirigiu a Chiquinha.

— *Nós ficamo-nos assim, ouviste?*

E foi-se. Nenhuma palavra coloriu aquele espaço. Constante consultava a janela, recebia os mudos recados da paisagem. Parecia que era o cachimbo que lhe fumava a ele. Ao cabo de muito silêncio, o guarda chamou o filho.

— *Você sabe onde fica esse mulato. Vai lá dizer que eu estou a chamar, preciso ele venha aqui.*

Mas é tão noite, arrepiou-se Chiquinha. Ele acarinhou o cabelo da menina, atendendo-lhe a aflição.

— *Tu vai com João. Dão mensagem ao mulato, depois vão para o monte, me esperam lá nas pedras.*

— *Vamos no Paralém?*

Chiquinha se arregalava, excitada. O pai sorriu, complacente:

— *Vai, acompanha seu irmão. E tapa o meu neto com esta manta. Me esperem lá, eu hei-de ir.*

Os meninos se portaram com obediência. Aprontaram um cesto, provisórias provisões.

— *Tu, João: deixa ficar esse sacudu do misto.*

Os dois filhos saíram, carreirando por capins. Evitavam os cacimbos que, reza a lenda, fazem minguar as pernas. Um mocho piou, incriminando o porvir. No escuro, o mundo perdia ângulos e arestas. Chiquinha seguia por mão de seu irmão. Respectivinho lhe pareceu, no instante, promovido à idade. Ele já havia cumprido o mando do pai, recadoando o mestiço.

Chegaram aos penedos, sentaram. Chiquinha apertava o bebé, em materna compostura. Ela falou:

— *Vocês não gostam o Tavares, eu sei. Mas ele, em si, é de bom coração.*

Respectivo não percebeu. Então, o xikaka lhe manchara, somando abusos. Que merecia esse branco senão os ferros da vingança?

— *Cala-se, João. Você nem sabe como que aconteceu.*

Chiquinha se levantou, recortando-se no luar. Aos olhos do irmão, ela surgia como nuvem em contralua. Chiquinha desceu a voz:

— *Tavares nem merece castigo. Fui eu lhe provoquei.*

O irmão não queria ouvir mais. Ela queria explicar, ele não deixava. A montanha se estremunhava na dupla berraria. A raiva de Chiquinha se sobreimpôs:

— *Eu lhe queria dar um pai. Um alguém para tirar-nos desta miséria.*

Foi quando ouviram as medonhas crepitâncias. Olharam o vale, parecia um fogo suspenso, chamas voantes que nem necessitavam de terra para acontecer. Só depois, eles entenderam: o completo pomar ardia.

Então, sobre o horizonte todo vermelho, os dois irmãos viram, no mastro da administração, se erguer uma bandeira. Flor da plantação de fogo, o pano fugia da sua própria imagem. Pensando ser do fumo, os meninos enxugaram os olhos. Mas a bandeira se confirmava, em prodígio de estrela, mostrando que o destino de um sol é nunca ser olhado.

Glossário

Amafengu: designação que os sobreviventes da tribo Abambo davam a si próprios. "Os Abambo foram uma numerosa e poderosa tribo bantu, do Natal. Foram derrotados e cruelmente perseguidos por outras tribos e tornaram-se errantes, passando a ser conhecidos por Fingos. Procuraram refúgio noutras tribos, reduzindo-se ao completo estado de servidão [...] De 250 000 restaram alguns 35 000 que se dedicaram à agricultura e criação de gado." António Cabral, 1975.

Baba: senhor, pai, forma de tratamento que se reserva aos mais velhos.
Bula-bula: conversa fiada.

Cabedula: calções.
Canganhiça: vigarice.
Canhangulo: espingarda antiga, de "carregar pela boca".

Capulana: peça de tecido que as mulheres enrolam à cintura.
Chamboco: matraca, pau.
Chimandjemandje: ritmo musical, dança.
Chissila: mau-olhado, maldição.
Cocorico: galo.
Compounde: dormitório, camarata.
Concho: canoa, pequena embarcação.
Cubata: pequeno quarto onde eram alojados os empregados domésticos.
Cushe-cushe: feitiço.
Custumunha: testemunha.

Dákámaus: apertos de mão.

Espera-pouco: o mesmo que canhangulo; arma de carregar pela boca.

Fé-de-Cristo: forma de juramento.
Fódia: folha de tabaco.
Fungula masso: abre os olhos.

Iripo, iripo/ Ngondo iripo: canção da luta de libertação nacional, anunciando a chegada dos guerrilheiros.

Kóbiri: moeda (adulteração do termo "cobre").
Kongolote: bicho de mil patas, maria-café.
Kulimar: sachar com enxada.

Lobolo: quantia de bens que o noivo entrega à família da noiva.

Maçaniqueira: árvore da maçanica, cujo fruto é vulgarmente designado por maçã-da-índia.

Mainatos: empregados domésticos.

Marrabentar: verbo constituído a partir do termo "marrabenta", dança do Sul de Moçambique, em que as pernas executam constantes bamboleios.

Matambira: dinheiro.

Matopada: coberta de matope, lama ou lodo.

Mesire: tratamento de respeito.

Mezungo: branco, senhor.

Mezungueiro: de mezungo, homem branco.

Milandos: brigas, discussões.

Moleque: empregado doméstico.

Muana: criança.

Mulala: raiz de planta usada para limpeza dos dentes e que tinge de laranja os lábios e gengivas dos que dela se servem habitualmente.

Muska: nome que, em chissena, se dá à gaita-de-beiços.

Mussodja: soldado, guerrilheiro (termo formado da palavra inglesa "soldier").

Ndoé: peixe pulmonado que, nos períodos de seca, vive enterrado no lodo.

Nenecar: transportar às costas, como habitualmente as mulheres africanas fazem com seus filhos.

Plásticos: forma como por vezes se designam os documentos de identificação.

Raranja: laranja.

Sabau: sabão.

Sabola: cebola.

Sacudu: mochila; o termo foi trazido pelos guerrilheiros da Frelimo que foram treinados na Argélia, a partir da palavra "sacaudos".

Saguate: gorjeta.

Satanhoca: sacana, impostor.

Shingrese: inglês.

Shote-kulia: ordem de comando, compasso da marcha militar, equivalente a "esquerdo-direito".

Uááá: interjeição de espanto.

Xicádju: aguardente de caju.

Xicuembo: feitiço.

Xikaka: colono, português de categoria social dita inferior.

Xipefo: lamparina a petróleo.

1ª EDIÇÃO [2013] 5 reimpressões

ESTA OBRA FOI COMPOSTA PELA SPRESS EM TIMES E IMPRESSA EM OFSETE
PELA GEOGRÁFICA SOBRE PAPEL PÓLEN NATURAL DA SUZANO S.A.
PARA A EDITORA SCHWARCZ EM MAIO DE 2023

A marca FSC® é a garantia de que a madeira utilizada na fabricação do papel deste livro provém de florestas que foram gerenciadas de maneira ambientalmente correta, socialmente justa e economicamente viável, além de outras fontes de origem controlada.